KEY·可以文化

### 莫言 | 主要作品

红高粱家族
天堂蒜薹之歌
十三步
酒国
食草家族
丰乳肥臀
红树林
檀香刑
四十一炮
生死疲劳
蛙

○●○

白狗秋千架（小说集）
爱情故事（小说集）
与大师约会（小说集）
欢乐（小说集）
怀抱鲜花的女人（小说集）
战友重逢（小说集）
师傅越来越幽默（小说集）

○●○

姑奶奶披红绸（剧作集）
我们的荆轲（剧作集）

Winner of
the Nobel Prize
*in* Literature

司令的女人

莫言中篇小说精品系列

# 司令的女人

浙江文艺出版社
Zhejiang Literature & Art Publishing House

# 目录

司令的女人 / 001

野骡子 / 076

藏宝图 / 151

变 / 210

# 司令的女人

## 一

司令在省城犯了死罪的消息传到村里之前,我们一直认为他是我们这茬人里最有福气的一个。

司令是外号,他的乳名叫八月,学名叫孙国栋。我们在村子里念小学时,他的外号就叫响了,连我们那个爱好写诗、开口就合辙押韵的李诗经老师也叫。李老师给我们上语文课,看到黑板不干净,就说:

"司令同学,请你上前;抬起你脸,擦擦黑板;小心灰尘,眯了你眼!"

"唉!"他爽快地答应着走上讲台擦黑板。

受李诗经老师影响,我们也喜欢说四言句。李老师说,天下的诗歌、文章,都是从四言句化出来的,只要四言诗作得好,那就是一鞭一道痕,一掌一掬血,一刀一个窟窿,那就没有什么文体能难住你了。星期天我们约司令去放牛,站在大街上——他家临街——齐声喊叫:

"司令司令,你这懒种;日上三竿,太阳晒腚。东洼放牛,南洼割草;沟里摸鱼,河里洗澡;你去不去?不去拉倒。"

司令的娘孙寡妇从屋子里走出来,将半截身体探出土墙,不高兴地说:

"你们这些孩子,怎么叫俺儿司令呢?俺儿有大号的,俺儿叫孙国栋。"

"大婶大婶,不要翻脸,我们保证,不再乱喊。"我们真诚地向她道着歉,然后大声喊叫:"司令司令,你真能磨,大闺女上轿,没你啰唆!"

司令攥着一块地瓜从屋子里蹿出来,大声嚷着:

"别急别急,各位伙计,若不等我,不够意思!"

司令娘对司令说:

"往后他们叫你司令不许答应!"

司令在我们那班差不多大小的孩子里是个头蹿得最高的,据说他的爹就是个大个子,大个子爹做出大个子儿,天经地义。他的爹外号叫旅长,爹旅长,儿司令,一代更比一代强。也许他的外号就是从他爹的外号的基础上提拔起来的？谁知道呢！司令的爹六〇年生活困难时撑死了——一架飞机掉在我们村头上，司令的爹和几个村民用担架将受伤的飞行员送到机场，机场里抬出一筐馒头慰劳他们，司令的爹贪食，一口气吃了十七个。回家的路上，走着走着，嘭的一声，胃爆炸了，人就死了。有人说个头高矮与吃的孬好有关系，我看关键还是种的问题，司令吃啥了？草一把菜一筐，没饿死就算大命，但他愣是蹿了个一米七十的大个子，还不满十五岁呢！

司令家房子旁边有一个大湾，湾里有水，水很深，水里有很多泥鳅。司令的娘利用这个有利条件，养了几只大鹅。大鹅的蛋比母鸡的蛋大得多，两个鹅蛋就有半斤。每年清明节，村里风俗是家家擀单饼煮鸡蛋。司令家过清明节不煮鸡蛋，煮鹅蛋，司令家的饼擀得特别大。我做梦都想得到一个煮熟了的鹅蛋，就拿了两个鸡蛋去跟司令换，司令说：

"这件事情，很不平常，我得回家，问问俺娘。"

司令的娘见到我大姐，说：

"你们家二皮真有意思，拿着两个鸡蛋换俺司令的鹅蛋，我就让司令送给他一个。这孩子，真有景儿，临墙隔家的,还说什么换?"

我大姐回家就告了我一状。我娘说:

"你这孩子,真是嘴馋,怎么敢白吃人家的鹅蛋呢?吃了人家的鹅蛋,你拿什么去还?你如果还不上,就欠了人家的情,欠了人家的情就得看人家的眼色行事,你这孩子,真是碟子里扎猛——不知道深浅!"

我大姐逼我将鹅蛋送回去,我说早就下了肚子了。她好奇地问我:

"鹅蛋什么味?比鸡蛋好吃吗?"

"好吃好吃,天下第一,捞不到吃,活活馋死!"我故意气她说。

其实鹅蛋很粗很腥,远不如鸡蛋细腻好吃,营养价值肯定也比不上鸡蛋。

我大姐恨恨地说:

"怎么不让鹅蛋把你噎死呢?"

因为一个鹅蛋,我与司令的关系亲密了许多。为了不欠他家的情,我冒着生命危险到邻村的瓜地里摸了一裤子瓜,有苕瓜,有面瓜,有甜瓜,深更半夜的,担着惊受着怕,只能是摸到什么摘什么,顾不上辨品种,也没法子分生熟,摘满了裤子,拖着裤腰往外爬,小心翼翼地,不敢弄出动静。看瓜的小陈是个雀瞽眼,眼色不济，但耳朵特灵，他好使一杆土炮，炮膛里装满黑药和绿豆大的铁砂子，打出来就是一条火胡同。我说冒着生命危险，绝不是夸张。小陈能听声打鸟，这也并不是说他是个了不起的神枪手，主要还是那支土炮射界宽。我将一裤子瓜扛到司令家，虽没明说，那意思他们也就明白了。所以我跟司令的友谊是建立在完全平等的基础上的，并不是我吃了他家一个鹅蛋欠了他家的情要去巴结他，给他当鞍前马后的狗腿子。

司令从小就是个忠厚孩子，在我们村有口皆碑。那时候邻村有十几个孩子在我们村念书，河里发水淹没小桥，司令就把这些孩子一个个地背到对岸去。类似的好事他还做了很多，限于篇幅，不能一一尽述。总而言之，司令是个心地善良的孩子，尽管有的人暗中嘲笑他缺心眼，是个半傻子。不是也有人嘲笑雷锋是个傻子吗？雷锋理直气壮地说："我愿做革命的傻子！"司令什么也不说。1964年掀起学雷锋运动后，我们学校提出的口号是："远学雷锋，近学孙国栋。"这个口号用了司令的学名，别扭得很，我们建议改成"远学雷锋，近学司令"，学校不同意。

村里孩子上学晚，文化大革命开始时，司令十六岁了，才读小学五年级。我比司令小一岁，也读五年级。

那个夏天里的几乎每个晚上,我们都举着铁皮喇叭在大街上喊叫,宣传无产阶级文化大革命的"十六条"和预防大脑炎——"文革"爆发时,正赶上大脑炎流行,死了好多小男孩。"十六条"早就忘了,预防大脑炎的宣传词儿还记得:"一九六六年,真是不平凡,砸烂三家村,流行大脑炎。得了大脑炎,快吃葱和蒜;小子你不吃,立马就完蛋!"我们在前面喊叫,后边还跟着一些小顽童,他们嘻嘻哈哈、打打闹闹,还大胆地改造着我们的广播词儿:"十六条儿,十七条儿,一条一撮鸡巴毛儿;张老汉,李老汉,快吃大葱和大蒜,不吃马上就完蛋!"这些词儿要是出自大人之口,肯定要被打成反革命,但出自小孩子之口,也就没法子追究了。

  1968年夏天,我们村子里下来了一批知识青年,七男五女,共总一打。他们的年龄跟我们差不多,但看起来比我们大。城里人知识多,思想复杂,发育早。我们在夏天里还光着屁股上街,就像伊甸园里没受诱惑之前的亚当——我的这点宗教知识是从陆西文的爷爷陆鬼子那些听到的,这老爷子解放前就信了耶稣教。农民们在地里锄草,他站在地头上祈祷:"主哇,不要让我的地里长草!"主当然不听他的使唤。棉花地里闹虫子,农民们都提着瓶子去捉虫,他跪在地头上祈祷:"主哇,不要让棉铃虫吃我的棉桃!"棉铃虫也不听上帝的话——知青都穿着衣服,不但穿着裤子,而且还穿着褂子,不但女的不光膀子,连男的也不光膀子。我们光着屁股去知青点看热闹时,女知青都不敢抬头。村支部书记往外轰我们:"滚,你们这些不知羞耻的东西!"我们被轰出来,低头看看自己,然后看看别人,尤其是看了司令之后,才感到问题严重,不穿褂子可以,不穿裤子是绝对不行了。

知青中有一个男的,名字叫宋河。宋河瘦高个儿,白瓜子脸,高鼻子,长眉毛,一头卷毛,看样子不是纯粹的中国人。谣传他爹是个美国大兵。村里人很快就给他起了一个外号"宋鬼子"。杂种出天才,"宋鬼子"会吹口琴、吹笛子,还会拉手风琴。吹笛子吹口琴没有什么了不起,我们学校的季老师也会吹。手风琴这种乐器样子古怪,我们不但没听过,连见都没见过。司令说手风琴像他家的大风箱,我们一琢磨也觉得像,就给"宋鬼子"的手风琴起了一个外号"风箱"。

知青中有一个女的,名字叫唐丽娟。这个名字很古典,有一点点小家碧玉的意思,显得与那个时代格格不入。男知青数"宋鬼子"好看,女知青中数唐丽娟漂亮。村里人给她起了一个外号:"茶壶盖子"。这是一个高度赞美的外号，意思她是最漂亮的。

我们那地方，地是涝洼地，水是含氟水，不论男女老少，一张嘴就露出两排猪屎牙，难看得要命。年轻人好俊，学着城里人用牙膏刷牙，捣得满嘴血沫子，也没见哪个刷白了。我姐姐她们那帮大闺女，每天早晨对着镜子用剪刀刮牙，刮得满口鲜血，也刮不白。我有一个当医生的姑姑，批评刮牙的大闺女们："刮什么呀！你们的牙髓都是黑的，刮什么？如果想白，只有一个办法，那就是连根拔，然后镶上一口化学的。"真还有几个青年听了我姑姑的话，去县城里把牙拔了，镶了满口的化学牙。刚镶了牙不好意思让人看见，出门就捂上一个口罩；过了一段时间，又生怕别人看不到，见到人就龇牙咧嘴，恨不得把嘴唇切去。我们学校有个代课老师马红英，镶了一口化学牙，说起话来连腔调都变了，好像嘴里勒着一条马嚼子。

"茶壶盖子"的眼睛鼻子就不必说了，单她那一口牙就够了。人家那牙，白里透出青来，一颗是一颗，像瓷的也像玉的，一张嘴就闪闪发光，好像嘴里含着珍珠。我们第一眼看到她时，就感到眼前一亮，全是她的牙闹的。她的牙齿是她的明媚的笑容的重要构成部分。几十年后，我们村里的人提起她来，首先要说的就是：

那闺女生了一口好牙!

"茶壶盖子"除了牙好,别的地方也出色。她的皮肤很白,很薄,仿佛一掐就会冒出白水儿。她的眼睛很大,嘴巴稍大了点——我们那儿审美标准比较古典,喜欢小嘴美人,这都是让评书害的,评书里描述美人,动不动就说"杏眼桃腮,樱桃小口",实际上地球上从来没出现过这样的女人,如果有,肯定是妖怪——她的身材也好,腰是腰腿是腿,不像我们村里那些大闺女,上下一般粗,个个赛麻袋。现在回忆起来,如果硬要让我找出"茶壶盖子"的不足之处……我实在找不出来。有人说她的嘴巴有点歪,但我就迷她这个歪,一歪百媚。

毫无疑问,我们村的男人们,没有一个不迷她的。老头子迷,青年迷,连我们这帮鸟毛都没扎全的半大小子也迷。村里人不说爱字,嫌这个字牙碜,其实迷就是爱,甚至比爱还要严重。我们村的民兵连长是个出名的大公鸡,连自己的弟媳妇都不放过,知青进了村,他倚仗着连长的身份,有事没事就往知青点钻,美其名曰关心知青,实际上是想浑水摸鱼。村支部书记让妇女主任把他叫来,当着许多人的面一顿臭骂:"狗东西,你想点什么不好?癞蛤蟆想吃天鹅肉?让老董劁了你个狗杂种!"老董是公社兽医站的兽医,劁狗阉猪,一把好手。连长辩解道:"其实我也没想什么,不过就是看看。"书记道:"看什么?看能解决什么问题?"连长说:"看美人养眼呢!"书记说:"日你妈的,反动逻辑!"

我们这帮小青年,对她的迷恋具有浓厚的审美意味,色情的意识很淡。与"茶壶盖子"相好?这样的事我连想都不敢想。我就是喜欢看她,喜欢围绕着她嗅她的身上发出的那股隐隐约约的好味。究竟是什么气味,那我可说不出来。反正她的身上有那么一股隐隐约约的气味,好闻死了。这股好味不光我一个人能闻到,司令也能闻到,吴巴也能闻到。吴巴是我们的同学,也是我们的好友,他的四言诗作得最好,深受我们李老师的赞赏。吴巴写了一首诗赞美"茶壶盖子"发出的气味:

"'茶壶盖子',味道真妙;好像馒头,刚刚发酵;好像鲜花,刚开放了;闻到她味,没酒也醉;闻到她味,三天不睡。"

我想其实也不是我们想看她,而是她的牙、她的嘴、她的眼、她的腮、她的鼻子、她的像月光一样的笑容,把我们的眼睛吸了过去,就像河里的大漩涡子不管什么东西都吸过去一样。我想其实也不是我们主动地去嗅她的气味,而是她的气味把我们吸了过去,就像花的香气把蜜蜂吸引过去一样。

知青下来后,我们小学毕业,成了公社的小社员。过了一年后,吴巴又去上了农业联中。我们跟知青们一起劳动,也就是跟"茶壶盖子"一起劳动。我们多么想跟她说说话儿,但是她根本就不理我们。她喜欢跟"宋鬼子"说话,有时候也跟那些大嫂子们说说话,有时候也跟那些老头子们学学农活,但她从来不理我们,连看都不看我们一眼,好像我们不存在一样。我总想找机会讨她一点好,但往往弄巧成拙。

记得有一天下午全队的人都去深翻土地——那天下午刮着很大的西北风,尘土飞扬,七个男知青里有四个戴着风镜,"宋鬼子"是其中之一。"宋鬼子"喜欢往头发上抹发蜡,发蜡喜欢沾土,所以他的头很快就成了黄色的了。他戴着风镜,顶着满头黄土,活像个刚刚跳伞逃生的美国飞行员。大家不敢看他,一看就想笑。以我姐姐为首的那帮大闺女笑得最厉害。队长愤怒地训斥她们:"笑什么?喝了母狗尿了是不是?"农村传说,喝了母狗尿就会狂笑不止。现在想起来我才明白,当我们迷恋"茶壶盖子"时,以我姐姐为首的那帮大闺女正迷恋着"宋鬼子"。"宋鬼子"两颗门牙之间有一条缝儿,按说这是个缺陷,但我姐姐说她最喜欢的就是这条牙缝。问她为什么喜欢一条牙缝,她说别的地方都被人喜欢了多少遍了,只有这条牙缝还没被人喜欢过,所以她喜欢。她还喜欢他猛猛地吸了一口烟,然后把牙关咬紧,让一缕细烟从那道牙缝里滋儿滋儿地钻出来。嗨,世界上什么稀奇古怪事都有!"茶壶盖子"围着一条大围巾,戴着一个大口罩,只露着两只大眼睛。她的眼睫毛真长啊,忽闪忽闪地眨巴着,活像《红灯记》里的李铁梅。那天下午,我非常幸运地紧靠着她翻地——每人翻一米宽——为了讨她的好——也不完全是为讨好她,我是担心累着她——我翻了足有一米半宽,只给她闪下窄窄一条。她连看都不看我,好像没发现我的行动。队长过来检查翻地的质量,用一根木棍插插翻过的地,说:"小唐,深度不够!"她却说:"这不是我翻的。"因为口罩捂着嘴,她的声音瓮声瓮气。队长踢我一脚:"二皮,你想干什么?"众人的目光都转过来看我,其中也有司令的目光。我当然知道他的心情。

记得有一个上午,全队的人都去南大洼割麦子。队长打头,每人两垄,梯次展开。我十分幸运地挨在了她的下家。她穿着一件洗得发了白的蓝色卡其布军便装,纽扣一直扣到了脖子。她穿上男式服装真是飒爽英姿,我看她一眼鼻子就酸溜溜地想哭,当然是激动的,当然不是难过的。她的那股好味儿与成熟的麦子气味混合在一起,与野花野草的气味混合在一起,与天上云雀的歌唱声混合在一起,真是感人至深。在开始割麦前,我遭受了一个沉重打击:司令把她的镰刀抢过去,非常认真地帮她磨了。我相信这是司令一生中磨得最锋利的一把镰刀。他用两个脚后跟压住镰刀把儿,用左手的拇指逼住镰尖、中指挺住镰背,用右手捏着一块青青的、细腻如油脂的磨刀石,嘴里满含着一口水、唇间叼着一根麦管,让一股细水沿着麦管均匀地淋在镰刀刃上,同时他手中的磨刀石噌噌地运动着,磨一会儿这面,就把磨石倒到左手里,用右手挺住镰背,继续磨下去。他磨镰的技术太出色了,连队长都赞不绝口。队长说:"司令,不用你割了,专门磨镰吧!"他把镰刀磨好了,问她:"你能给我一根头发吗?"她吃惊似的瞪着眼问:"干什么?你想干什么?!"她没有继续追问就从头上拔下一根头发——我的心紧紧地撮了起来,好像不是拔了她一根头发,而是拔了我一根神经——递给他,那根头发在上午的阳光里焕发出蓝蓝的光芒,就像乌鸦的翅膀在阳光下发出的光芒一样。司令将镰刀的刃子对着自己的面,将她的头发轻轻地放在刀刃上,然后猛地一吹,头发就断成了两截!好家伙,吹毛寸断,这哪里是镰刀,分明是宝刀。

"谢谢你,"她说,"司令!"

你们能体会到当时我的心中滋味吗?不,你们不可能体会得到。你们没有看到她说话时的样子怎么可能体会到我心里的滋味?你们没看到她穿着一件洗得发白的蓝色军便服的样子怎么可能体会到我心中的滋味?你们没看到她那两只被太阳晒得粉红的耳朵怎么可能体会得到我心中的滋味?

开始割麦了。割麦子是农村最沉重的活儿,麦芒刺人,尘土呛鼻,腰酸背痛,别说是从没干过活儿的知青,就是一辈子与土地打交道的老农,提起割麦子也发憷。但割麦子也是农村中最愉快的劳动,收获总是让人们感到快乐。更重要的是割麦子时全队里的人都不回家吃饭,饭由保管员到各家收集,送到地头上来。"好钢用在刀刃上",各家都不惜血本做出了最好的饭食,生产队里还免费供应大米稀饭。大米稀饭,不是一般的稀饭。我们生产队比较腐败,每年都拿出半亩地种旱稻,为的就是这几顿大米稀饭。大米稀饭,大米稀饭里还加了一把红糖。有一次保管员喝得醉醺醺的,把"六六六"当成了红糖,我们都喝出了异味,但没有人不喝。不要钱的大米稀饭,有点异味就有点异味吧!连"宋鬼子"和"茶壶盖子"都喝了加了一把"六六六"的大米稀饭。割麦子还是一种劳动竞赛,真正的你追我赶。上了年纪的男人都是蹲着割,将割下的麦子放在大腿窝里夹着,夹够了个子,打个腰儿放下,下家的将自己腿窝里的麦子放进去,然后捆起来。小青年和妇女腰好,都锅着腰割,割下的麦子放在两腿之间夹着,从后边看好像长了一条金色的大尾巴。她在我的前面弯着腰割着,麦子在她的大腿之间夹着,好像一条金色的大尾巴。我穷追不舍地跟着她。起初她仗着镰刀锋利还能对付,但她的镰刀很快就不利了;再加上她是城里长大的孩子,没有长劲儿,一会儿就不行了。她站直了腰,用拳头捶打着腰,一脸让我心疼的表情。我什么也没说,没有什么好说的,忠不忠看行动,我往左一跨步,把她那两垄麦子包割了。我一柄大镰四面挥,精神变物质,浑身有使不完的劲儿。温度不能把石头变成小鸡但是温度能把鸡蛋变成小鸡;爱情不能使木头产生力量但爱情却使我产生了力量。有经验的生产队长都知道这样一个道理:"干劲不足,加上妇女。"一个小伙子推车一个小伙子拉车每上午能运十车粪,一个小伙子推车一个大闺女拉车每上午能运十五车粪,劳动生产率提高百分之五十。我没上几天学脑袋里却积累了许多乌七八糟的东西,甚至还有一部分唯物辩证法，这些东西是从哪里来的？是从天上掉下来的吗？是从地下冒出来的吗？是我头脑里固有的吗？否！这些东西是从三大革命实践中得来的，这些东西只能从三大革命实践中得来，与知识青年朝夕相处是三大革命实践的重要组成部分，他们和她们嘴里不断地漏出来的东西被我的海绵脑袋全部吸收并进行了化学处理，变成了我的知识，指导着我的行动。那天我割疯了，为了她我刀山敢上火海敢闯，为了她我下定决心我不怕牺牲，我宁愿前进一步死，决不后退半步生。苦不苦想想长征两万五累不累想想革命老前辈我生是你的人死是你的鬼生命诚可贵自由价更高为了你"茶壶盖子"我什么都乱抛。从知识青年那里偷来的革命时期的话语与不革命时期的话语在我的脑海里车轮一样地旋转着，我感到我根本不是在割麦而是在大海里游泳，一举手就激起一串浪花；我感到我不是在游泳而是在腾空，一挥臂就割下一片朝霞。我的耳朵里仿佛响起了"风箱"的叫声，美妙无比，好像地瓜干子老烧酒……爱情如酒令人沉醉，队长的大脚就是醒酒汤。队长一脚就把我踢了个狗抢屎，他骂道："混蛋二皮，你这是割麦吗？否！你是在破坏！"我割过的地方，麦茬儿留得高，糟蹋了生产队的草；麦子落得多，浪费了生产队的粮;我帮"茶壶盖子"割麦,是黄鼠狼子给鸡拜年——没安好心!队长用古怪的眼光看着我说:"你才多大个人儿,就有这么多资产阶级坏思想!"更让我伤心的不是队长的话而是"茶壶盖子"的话,她说:"他非要替我割,我也没办法!"你们听听她说的这是人话吗?否!绝对不是人话,她的一句话就像一大块冷冰冰的黑石头,一下子就把我打倒了。我一头栽到地上,脸贴着像亲娘一样的黑土大地,听到一个声音在高高的空中说:"死了吧死了吧,你这样的可怜虫还活着干什么?!"我恨不得用镰刀把自己的头割下来,让我的满腔热血喷上云霄,化作一道彩虹。

我当然没舍得割下自己的头,虽说"瓦罐不离井沿破",但毕竟"好死不如赖活着"。没有志气,没有自尊,这就是我的悲剧所在。但在爱情的辞典里,是查不到"志气"也查不到"自尊"的。割麦那天,我心里产生了对"茶壶盖子"的不满,甚至是仇恨,但当我一看到她的脸,一看到她的牙,一闻到她的味儿,我的心里就只有对她的爱情了。说句不怕丢人的话,在我迷她迷得最疯狂的时候,曾经趴在地上吻过她的脚印儿。对这个女人的迷在我的一生中产生了巨大的影响,这是后话,暂时不提了。

我那时几乎就是得了传说中的相思病，醒里想的是她，梦里想的也是她。为了引起她的注意，我学我姐姐的样子用剪刀刮牙，还偷我姐姐的"万紫千红"牌油脂往脸上搽，把个脸弄得油光光的，好像屠夫的棉袄。我姐姐发现了就追着我打，追上了一边用笤帚疙瘩擂我的头，一边骂我：

"浪死了你！整个宇宙里没有比你更浪的男孩了！你是癞蛤蟆叼着花骨朵，你是屎壳郎顶着花骨朵，你是猪八戒插着花骨朵！你白日做梦，你痴心妄想，唐丽娟能嫁给圈里的猪也不会嫁给你……"

我姐姐的语言原先很土，现在竟然从她的嘴里冒出了"宇宙"这样的词儿，这都是跟着知青学的。我被她戳中了心事，恼羞成怒，反唇相讥：

"要说浪，你更浪，跟着宋河瞎嚷嚷，宋河要你去吃屎，你一次吃了一大筐！"

我精神恍惚，六神无主，吃饭不香，睡觉不宁，十几岁的小孩子，头发一把把地掉。从一本医书上看到，上述症状是肾虚所致，书上说熟地能补肾，就溜到村卫生所里，偷了一大把，刚要逃跑，被赤脚医生得田抓个正着。他捏着我的胳膊，用屈起的膝盖不断地顶着我的尾巴骨，嘴里骂着：

"小偷,你偷点什么不好,偷药干什么?"

我灵机一动装起糊涂来:

"得田大叔,高级大夫;我三天没吃,一顿饱饭;头晕眼花,天旋地转;求您开恩,放我一马;让我吃了,这些地瓜。"

他奸奸地笑起来,说:

"好吧,二皮,我饶了你,不往大队里汇报,但是你必须把这些地瓜给我吃了!"

我心中暗喜,但嘴里说:

"得田大叔,心眼最好;天上难寻,地下难找。明天中午,帮您割草;割来青草,喂您家羊;您家山羊,能够跳墙。"

他说:

"别耍贫嘴,快吃吧!"

我抓起那些熟地,一边吃,一边做出龇牙咧嘴的样子。没一会儿工夫,就把那一把熟地吃了,趁着他不注意,我又从药橱里抓了一大把。我装出被药毒得晕头转向的样子,摇摇晃晃地离开卫生室。我听到他在我背后哈哈大笑。一离了他的眼我也哈哈大笑。我的青春期过得真是艰难无比。我爹也看出了我不对劲,他不打我也不骂我,只是用一种尖刻的语言讽刺我:

"你应该找个镜子照照自己的尊容!"

我爹的语言原先也很土,现在竟然也冒出了诸如"尊容"之类的字眼,这当然也是知青闹的。我在众人的打击、挖苦之下,我在不正确的生理知识造成的恐怖之下,曾经下决心不再迷恋"茶壶盖子",但每天晚上,我的腿就把我带到了知青点院子外边的土墙根上,我趴在墙头上,望着屋里射出的灿烂灯光,听着屋里传出的欢声笑语,心里又酸又苦,眼泪一串串地流下来。

在知青们的欢笑声中,我听到了她的笑声。即便在一千个人的笑声里,我也能听出她的笑声。她的笑声不高,低沉沙哑,但非常有感染力,简直就像电流。她的笑声一传出来,我就晕晕乎乎,只有趴在墙上才能免于酥倒。我趴在墙头上,脑海里浮现出她动人的笑姿。"茶壶盖子"爱笑在我们大队里是出了名的。那时候大家在一起劳动,乔老头那个老流氓不断地说一些黄色的笑话,譬如他说一个生殖器特长的人站在河边,看到一个青年妇女在河对面洗衣服,他便从河底伸了过去,在那妇女眼前弄起景来,那女人一把攥住,按在捶布石上,狠狠地砸了一棒槌,嘴里还喊着:"砸个核桃吃!"这一下把"茶壶盖子"笑痴了,笑得前仰后合,最后蹲在地上。她的白脸笑红了,眼泪也流出来了。乔老头低声说:

"猫浪叫,人浪笑,这个小唐,是个浪货,你们这些小青年,还不抓紧了上!"

乔老头的话在我心里激起了很复杂的情感,一方面我感到乔老头污辱了我心中的人,另一方面让我感到了一种危险。"茶壶盖子",你可千万别浪啊,坏男人们都在盯着你,你可千万不要跟他们好啊!我下定了决心要向她发起进攻了,我要让她知道我对她的一片真情。

老光棍万能教导我们:

"要想讨女人欢心,有四大法宝:'一是模样二是钱,三是工夫四是缠。'小伙子貌似潘安,女人自然喜欢;相貌长得差,但家财万贯,女人也喜欢;既无财又无貌,那就只有豁上工夫死劲地纠缠,女人怕缠,缠烦了,一横心,也就跟你好了。"

老光棍还教导我们胆子要大,关键时刻要敢出手。你们不出手,难道还想让女的出手?吴巴胆怯地问:

"我们出手,她嚷咋办?告到公社,小命完蛋!小命不完蛋,屁股也打烂。"

老光棍说:

"你们不能一上来就摸,要慢慢地来。回家跟老的要点钱,去供销社里买上点糖块儿,见了自己喜欢的女人就用糖块喂着,我敢担保,用不了一百块糖,就可以动手了！"

不能再犹豫了，必须动手了。我想回家要钱，但这是根本不可能的。我母亲有一元钱，粉红色的，放在炕席底下，我把那张钱藏在身上，在供销社门口转了半天，但最终我还是把它放回了原处。姐姐也许有几元钱，但我找不到她藏钱的地方。

好机会从天而降：生产队会计跟小学老师打赌输了一元钱，让我帮他跑腿去买糖。那时的糖一分钱一块，一元钱能买一百块。但我听人说过，如果不按块数，而是按照糖的价格用秤约，一元钱就不止买一百块糖。我跑到供销社，冲着售货员老王说：

"老王老王，我要买糖；不要数块，用称来量！"

我用一元钱买了一百零七块糖，天经地义地落下了七块，会计赏我三块，我向小学教师哀求，他又赏给我两块，这样，我的衣兜里就有了十二块糖。

我找了一块红纸，把十二块糖包起来。准备找个机会送给她。有好几次我把糖纸揭开，用舌尖舔着甜滋味，真想一口吞下去，但想到小唐那满口白牙，就咬牙切齿地把馋虫儿咽了下去。

机会终于来了。

在知青下乡的初期，他们的革命热情还很高涨，每隔几天就要给贫下中农表演节目。知青没下乡之前我们也表演节目,无非是嘴唇上粘上棉花演老头,翻穿着皮袄演土匪。知青给我们带来了女声独唱和男声独唱,知青让我们懂得了男高音男中音男低音还有女高音女中音,知青让我们听到了手风琴的美妙叫声。看知青的演出我们如同过年,听"茶壶盖子"的女中音独唱我们如同饮酒。她唱《马儿呀你慢些跑》,她唱《老房东查铺》,她还唱《见到你们总觉得格外亲》。"茶壶盖子"唱歌,不但嗓子好听,脸上的表情也很好看。她的嘴时而圆时而方,时而短时而长,更奇怪的是她放声歌唱时,那两条眉毛竟然能够上下跳跃,眼睛里仿佛有一汪水儿在流动。后来我们村子里的姑娘们学她的样子,说起话来挤鼻子弄眼,活像庙里的小鬼。"茶壶盖子"唱起那首《见到你们总觉得格外亲》时,台下的光棍子们摇摇晃晃,就像一群醉鬼。我姐姐说"茶壶盖子"是音乐学院附中的学生,唱歌还不是她的拿手,弹钢琴才是她的拿手。我们从电影钢琴伴奏《红灯记》里见到过弹钢琴的,那个男人的手软得像没有骨头一样,手指头好像鸡啄米一样地啄着琴键,一边弹一边摇头晃脑嘴还乱吧嗒,好像嚼着什么东西。我姐姐说弹钢琴的人一下生时手指就做了手术,从小就开始练。怎么个练法呢?把一锅油烧开，将一把小石子儿扔到油锅里，让那孩子从油锅里往外捞石子，这是练快；练完了快就让那孩子用指头戳鸡蛋，戳完了鸡蛋就戳核桃，这是练劲儿。还有许多的练法，总而言之练出个弹钢琴的十分不容易，弹钢琴的都是国家的宝贝。我姐姐说如果不是文化大革命，"茶壶盖子"肯定能练成个钢琴家，其实她已经弹得很好了，在北京的青少年钢琴比赛中她曾经获得过铁奖，我说没有铁奖只有金奖银奖和铜奖，我姐姐说你知道个屁。

说说那次让我终生难忘、至今还被乡亲们说起的演出吧。那天晚上，"茶壶盖子"没有唱歌，因为她一唱歌第二天那些光棍子就没有力气干活，队长不让她唱。她在土台子上放了一条长凳，凳子上摆开一溜碗，碗里盛着水，水有深有浅，碗有大有小，她拿着两根筷子，敲打着碗沿儿，竟然敲出了时代的最强音《东方红》！贫下中农惊喜若狂，都有点不敢相信自己的耳朵。接下来她敲出了《大海航行靠舵手》，那些清脆悦耳的音符千真万确地就是从碗沿上发出来的，不由你不信。人们赞叹不已：天才，真是天才！这样的天才下来修理地球真是可惜了呀！

趁着帮她收拾饭碗的工夫，我把那个包着十二块水

果糖的红纸包拍到她手里。她吃了一惊,问:

"什么?"

哪里有勇气回答她?我转身跑掉了。

那个夜晚真是美妙无比,连夜猫子的叫声都温柔可爱。我在大街上疯跑着,一边跑一边高唱革命歌曲。我正处在变声期,嗓子里好像塞着一团牛毛,声嘶力竭地发出的声音好像鬼哭狼嚎。我听到街上的人们在骂:"别吼了,再吼就该闹地震了!"一个幸福的人还在乎别人说什么?他们怎么能体会到我的心情?我恨不得向全世界宣告:地球上最最美丽的姑娘,接受了我十二块糖!她接受了我的糖,就说明她已经喜欢上了我,就说明我们俩的关系已经不同寻常,就说明她有可能与我……我不敢往下想了。我在大街上狂奔,好像一条发了疯的狗,我从街东头跑到街西头,又从街西头跑回街东头,村子里的几条狗追在我的屁股后头,狂叫着,我感到它们不是追着咬我,而是受到了我的情绪感染,跟着我狂欢呢!

当我汗流浃背地走进家门时,一股肃杀之气扑面而来。我不由得打了一个寒战,浑身的毛孔顿时关闭。我看到,父亲提着一根绳子,母亲攥着一把扫帚,大姐举着一张铁锹,宛如三个严肃的猎人,摆开了打狼的阵势。我一眼就看到了在昏黄的灯光下，在屋子里灶台旁边的风箱上，放着一个红包，包里就是我的糖。天呐，"茶壶盖子"又一次把我出卖了！

父亲嘲讽地说：

"谈恋爱的英雄，回来了？"

母亲说：

"鳖蛋，你竟敢偷钱去讨女人的好！"

大姐道：

"你自己撒泡尿照照！"

父亲说：

"你的声音比猫叫春还要难听！"

母亲说：

"真是四脚蛇豁了鼻子——不要脸了！"

大姐说：

"这样的民族败类还留着他干什么？干脆砸死他，为国除奸，为民除害！"

我知道有口难辩，索性一言不出。

大姐问：

"说吧，钱是从哪里偷的？"

"我没有偷，也没有抢，这些糖块，别人奖赏……"

父亲抡起绳子说：

"还敢贫嘴!"

他手里的绳子,弯弯曲曲升到空中,然后突然伸直,啪的一声落在我屁股上。一绳子抽下来,着鞭处火烧火燎,但并不十分痛楚。

"说!"

"我真的没有偷!"

"没偷也该打!"

"打掉他的花花肠子!"

"买了那么多糖,爹不给吃,娘不给吃,拿去孝敬妖精,冲着这也该打!"

骂声和毒打像雨点般落在了我的身上。我紧咬牙关,一声不吭。我闭上眼睛,心中响起了"风箱"的声音,响起了打碗的声音。我仿佛看到,"茶壶盖子"站在一边,看着我的亲人毒打我,她的脸上挂着笑容。她的笑容像冰一样把我的心冻住了。我绝望地闭上了眼睛。我听到绳子和棍子打在皮肉上发出的扑通声,好像在遥远的地方,有人在拍打一条破棉被。

## 二

几年之后,村里的知青当兵的当兵,上学的上学,招工的招工，回城的回城，病的病，死的死，昔日热闹非凡的知青点变得冷落如寒窑。到了1975年春天，知青点里就剩下"茶壶盖子"和"宋鬼子"了。村里人可怜他们，私下里商量：干脆，让他们俩结婚得了，这样，他们的心情也许会好一点。司令的娘说：

"还要你们操心？人家都是有文化的人，还要你们操心？"

司令的娘从知青进村那天起，就负责给他们做饭，从十二个人的大锅饭做到两个人的小锅饭。她感叹道：

"嗨，我就像一个老麻雀，眼看着这些小麻雀一个个地飞走了，什么时候这两个也飞走了，我的事也就完了……"

说这话时，她的脸上的表情很是真诚，"茶壶盖子"看着她的老脸，眼泪都流了出来：

"大娘……谁都能走得了，唯有我走不了……"

司令娘说：

"孩子，不要着急，国家不会忘了你的，当年国家花了那么大的本钱栽培你，还能把你扔在这里一辈子？你和小宋都不是久屈人下之人，天老爷磨难你们，是为了让你们将来担大事的。"

"茶壶盖子"绝望地说：

"大娘呀,你看看我这手,粗得像老树根一样了,就是给我一架钢琴,我也弹不出声音了……"

司令娘抓过"茶壶盖子"的手放在眼前端详着,说:"不粗,不粗,比你大娘的手细多了!"

"茶壶盖子"把头伏在司令娘的胸前,说:

"大娘,你就像我的亲娘一样……"

"大娘要是有你这样一个闺女,下辈子变马变牛都行……"司令娘从"茶壶盖子"头上揪下一根白发,说:"闺女,你可要把心放宽点,瞧瞧,都有了白头发了!愁思使人老呢!"

"茶壶盖子"接过那根白发,眼泪止不住地就流了下来。

这时候,我和司令、吴巴等人都成了大青年,我们的脸上,生满了胡须,布满了皱纹。几年前那场毒打,治好了我的相思病。现在回忆起我对"茶壶盖子"的单相思,自己都感到脸红。如果不是爹娘对我痛下鞭笞,我很可能会因为她而死。为人民利益而死比泰山还重,为一个女人而死比鸿毛还轻。现在,我对"茶壶盖子"的容貌基本上可以做一个比较客观的评价了。首先要指出的是,将近十年的农村生活,严重地损坏了她的容貌,她的皮肤失去了初进村子时的那种珍珠般的光泽,她的眼睛里的光芒也比刚进村时暗淡了许多，她的曾经让我们心醉神迷的牙齿，也因为长期饮用含氟水而发了黄。常年的艰苦劳动，使她的腰身也变得粗壮臃肿；她的嗓音变得更加沙哑，我们好久好久听不到她的歌声了。这时候她已经将近三十岁，这在村里边已经属于老姑娘的年龄了。我姐姐跟她差不多大，但我姐姐已经是三个孩子的母亲了。我因为少年时留下了作风不好的恶名，找媳妇屡遭挫折，但我也终于和王木匠的瘸腿闺女王桂花订了婚，两家老人商量好了，等新麦子收下来时，就给我们成亲。总之，"茶壶盖子"基本上是一朵开败了的鲜花，是一个青春将逝的女人。她跟村里的女人已经没有太大的区别，除了她还保留着每天清早蹲在知青点门前的台阶上刷牙的习惯，除了她还能偶尔收到一封从外地寄来的信，她的确没有什么特别之处了。有一天我们在一起锄地时，我听到她在我身边大放响屁，我的心一下子就沉到了绝望的深渊。农村真是个伟大的地方，无论多么顽固的资产阶级和小资产阶级，放到这里，用不了十年，就改造得跟贫下中农一模一样。贫下中农家的姑娘脸皮薄点儿的，也不会像她这样在男人面前肆无忌惮地放屁啊！

"宋鬼子"也不是当年的"宋鬼子"了，他的"风箱"早就哑巴了。后来听说，他把琴拿到县城卖了，卖琴的钱换成了烟卷和烧酒，喝了，抽了。他的白牙被香烟熏得焦黄，面色如土。"茶壶盖子"每天早晨还蹲在石头上刷牙——想当年十几个知青排成一队蹲在石头台阶上刷牙的情景多么美好，他们的牙刷子来来回回地推拉着，洁白的泡沫从他们的嘴里溢出来，甜丝丝的牙膏味儿在早晨的空气中散发开来，我们趴在墙头上，大人，小孩，男人，女人，几十个人趴在墙头上，看知青刷牙，一边看一边评论，这个嘴大，那个嘴小，这种牙膏味道爽口，那种牙膏有一种水果香气——"宋鬼子"连牙也不刷了，他衣衫不整，蓬头垢面，据司令的娘说他早晨起床后连脸都不洗。司令的娘劝他："小宋啊，心里再怎么不痛快，也不能不洗脸，人要脸，树要皮。"这个昔日以非凡的风度让我们这些农村孩子自惭形秽的英俊青年却说："为什么要洗脸？我凭什么洗了脸给你们看？"司令的娘两手一摊，说："你们听听，这是什么逻辑？"——司令的娘都会说"逻辑"了，这都是让知青给闹的。

知青刚下来时，的确是靠工分吃饭，挣多多吃，挣少少吃，挣不着不吃，但自从一个知青家长给毛主席写了一封诉苦信后，上边下来了指示，说知青不管挣多少工分，每年必须保证分四百斤粮食，生产队里没有粮食，去集上籴也要籴给他们，这一下子知青就跟我们不一样了，我们不劳动就会饿肚子，知青即便天天睡大觉也可以吃饱肚子。有了这样的铁杆庄稼，只有"茶壶盖子"这样的傻瓜还天天下地，跟贫下中农一起死受，像"宋鬼子"这样的滑蛋，立刻就变成了游手好闲的二流子。一年当中起码有半年见不到他的影子，他去了哪里，没人知道，也没人敢问。他在外边野够了，就在村子里逛大街串胡同。他头上歪戴着一顶破军帽，脚上趿拉着一双懒汉鞋，嘴里叼着烟卷，浑身散发着酒气，彻头彻尾一个爷。村子里传说，他从夏镇公社知青那里学来了一种偷鸡术，说只要他念个咒，鸡就会跟着他走。起初人们还不信，说毛主席的知青怎么会偷贫下中农的鸡呢？但村子里的鸡却在渐渐地减少。有人跟踪了"宋鬼子"，发现他的确在偷鸡，他不是念咒，而是用一种弹簧钩子钓鸡。他在弹簧钩上装上一粒泡涨了的玉米粒，扔到鸡跟前，鸡将玉米粒啄下去，钩子就在嘴里张开，他扑上去一把拧断鸡脖子，揣在怀里就走了。人们找到大队里的书记反映"宋鬼子"偷鸡的事，书记说："活该，谁让你们养鸡了？"

知青下乡运动的最后几年，搁浅在我们县的那些知青相互串联，组成了实际存在的偷鸡专业队。他们有恃无恐，把一个县吃得遍地鸡毛。人们即便抓住他们，也不敢伤了他们半根汗毛。农民打了知青，那是砍头的罪；知青打了农民，那是活该倒霉。想不到一个神圣庄严的运动，竟以如此荒诞的形式接近了尾声。毛主席想让知青到农村去锻炼成长为无产阶级革命事业的接班人，没想到锻炼出一批偷鸡贼。传说他们还供了自己的神，他们的神是梁山好汉"鼓上蚤"时迁。村子里那些觉悟不高的老人议论说："游击队拉驴，知青抓鸡，一代不如一代。"支部书记把他们集合到大队部，训他们："你们要是活够了，就找根绳子吊死算了，怎么敢把黄皮子游击队跟知识青年相比呢？难道你们吃了豹子胆了？"吓得那几个老东西脸色土黄，再也不敢胡说八道。

1975年底，上级又要我们村推荐一名表现好的知青进城当工人，贫下中农们一致推荐"宋鬼子"。大家都说"宋鬼子"好，好好好，他实在是太好了，他的觉悟比我们村里那棵最高的大杨树还要高，他早就不需要我们贫下中农教育了，这几年来反倒是我们贫下中农接受了他的教育，他要走了，我们真还有点舍不得，但舍不得也得让他走，这样好的青年，理应当到更重要的岗位上去工作……县知青办那位负责招工的干部说:"你们村那位唐丽娟怎么样?听说她的表现也不错。"支部书记连连摆手,说:"她不行,她绝对不行,她脑子里还有一些资产阶级思想,我们准备用三个月的时间把她教育好,我们保证用三个月的时间把她教育好!"招工干部用曲起的中指敲着桌面,眼睛望着房梁说:"可我听说小唐锻炼得比小宋要好!"招工干部摸出一个空烟盒,好像找烟没找到的样子,把空烟盒捏扁了扔在脚下。支部书记对大队会计使了个眼色,会计出去,买回一条大前门香烟——那时候一条大前门香烟可是了不得——支部书记将烟塞进招工干部的黑革包里,说:"求求您了,领导,小唐的确也不错,您如果能把他们俩全招走,我们全村人给您老人家磕头,您如果只能招一个,求您了,把小宋招走……"招工干部说:"好吧,就招宋河。"支部书记深深地给招工干部鞠了一躬,说:"我代表我们村的全体社员谢您了!"招工干部笑着说:"你不如说代表着你们村的全体母鸡谢我!"支部书记摸着脖子,不好意思地说:"什么也瞒不了您……"

"宋鬼子"被招到市里新成立的养鸡场工作去了,传说鸡场的鸡听说宋河要来,整整哭了一夜。宋河走后,偌大的个知青点里，只剩下"茶壶盖子"一个人。司令的娘说："'宋鬼子'临走那天夜里，'茶壶盖子'和他搂在一起放声大哭，'宋鬼子'也哭得鼻涕一把泪一把的。""宋鬼子"临走前还对支部书记说："杨大叔，八年了，太平庄的大爷大娘们、大叔大婶子们、大哥大嫂子们、大兄弟大姊妹们像亲人一样待我，我一辈子也忘不了你们的恩情，我吃了乡亲们七十九只鸡，吃了谁家的我都记着账呢，有朝一日我宋河闯出个人样子来，一定回来加倍地偿还，希望乡亲们不要记恨我……""宋鬼子"说得很动情，连眼泪都淌出来了。支部书记也动了感情，说："小宋，你们大城市里的孩子，能在我们这兔子都不拉屎的地方呆八年，是多么的不容易，村里条件有限，没照顾好你们，让你们受苦了……"

"宋鬼子"走了，剩下"茶壶盖子"形只影单。我们看到她在河堤上晃晃荡荡地走着，好像丢了灵魂。只有公社的邮递员骑着自行车出现在桥头上时，她的灵魂才归位。收到信她欣喜若狂，收不到信立马就蔫了。司令的娘向支部书记汇报："书记，我端详着小唐那孩子不对劲，一会儿哭一会儿笑的，我怕她万一想不开……"书记的脸吓得干黄，说："你给我盯紧点她，她要真挂了大肉或是跳了机井，咱太平庄可就不太平了！"

书记拉着村里的贫农主任,到知青点跟"茶壶盖子"谈心,书记说:"小唐同志,我们知道你心里不好过,下次再来招工,无论如何也是你了。说句难听的话,即便他们永远不来招你,咱们村也能养活你。你在咱这里受了八年了,你是咱太平庄的闺女,咱们村每人省一口,就够你吃的了。从今后,你不用下地干活了。老会计年纪大了,明天就让他把村里的账交给你,你就是咱们村的会计。"

## 三

1976年春天,"茶壶盖子"的肚子大了。

支部书记把司令的娘叫去,严厉地说:

"大婶子,大队里给你开着工分,让你好好看着她,你是怎么看的?"

司令的娘说:

"她是个大活人,又不是个狗儿猫儿的,能看住吗?再说了,这种舒坦事儿,蚊蟊蛆虫都知道干,小唐多大岁数了,干点这事还不应当?"

"你个老糊涂虫,别给我胡缠缠了!"书记忧虑地说,"这可如何是好?"

司令的娘说：

"看把你愁的，这有什么？到时候送到卫生院里去，让王大夫给接下来就是了！这闺女都快三十岁了，该生个孩子了，再不生骨头缝儿就扩不开了，按说现在生也晚了点，好在王大夫技术高，不会有事的。"

书记说：

"我担心的不是这个，她还没结婚就怀了孕，上边要是追查下来，弄不好就是个政治事件！"

司令娘迷惑地说：

"生个孩子怎么能成了政治事件？"

书记说：

"跟你说了你也不明白，我问你，她肚子里的孩子是谁的？"

司令娘说："还能是谁的？"

书记问：

"是'宋鬼子'的？"

司令娘说：

"不是他的，难道还能是你的？"

书记吓了一跳，说：

"你胡咧什么你？想把我送到监狱里去？"

司令娘说：

"说得惊死个人,这点事就能把人送到监狱里去?"

书记道:

"算了,你个老糊涂!我告诉你,这些天,你给我好好看着她,别让她跑了!"

书记跑到公社,向领导汇报了情况。公社领导马上开会,最后做出决定:如果确是知青内部通奸造成了怀孕,那就动员她流产;如果是跟村里人通奸怀孕,那就马上立案侦查。书记拍着胸脯向公社领导保证:"她怀的绝对是那个名叫宋河的知青的孩子,我们村里的男人,借给他们仨胆也不敢动她!"

书记急急忙忙地赶回村,在贫农主任的陪同下,到知青点找"茶壶盖子","茶壶盖子"不在,问司令的娘,司令的娘说:

"她到县里找宋河去了。"

书记大怒:

"你个老糊涂,我不是让你好好看着她吗!"

司令娘说:

"人家闺女也没犯罪,我能不让她去?"

书记说:

"也好,咱们干脆把事情推给公社,让他们和县里去联系吧。"

书记和贫农主任跑到公社,找到领导,说:"她已经跑到县里找宋河了,这事我们村里管不了了。"

两天之后,"茶壶盖子"满身灰土地回来了。

司令的娘上去拉着她的手,说:

"闺女,你可回来了,把大娘急坏了!"

她木木地一笑,说:

"对不起,大娘。"

司令的娘端过洗脸水,说:

"快洗把脸吧!"

她胡乱地洗了脸。

司令娘端过一碗鸡汤,说:

"快来,喝碗鸡汤,大娘特意给你炖的。"

她说:

"大娘,谢谢您,我不想喝。"

司令娘说:

"怎么能不想喝呢?其实也不是给你喝,是给宝宝喝呢!我一边炖着鸡,一边想,宝宝的爹那么爱吃鸡,是不是个黄鼠狼子转世呢?"

她说:

"大娘,你不要提他了!"

司令的娘说:

"怎么?小两口闹意见了?"

她摇摇头。

司令娘压低了嗓音说:

"闺女,我告诉你,这几天,书记天天往公社跑,公社里让你把孩子拿掉,这不是伤天害理吗?活生生的个孩子,怎么舍得拿掉呢?"

她说:

"大娘,我这就去医院。"

司令娘说:

"闺女,你糊涂了?孩子是你肚子里的肉,是送子菩萨送给你的,你怎么能拿掉呢?"

她眼睛里含着泪说:

"大娘,我已经决定了,您不要再说了!"

司令娘急得团团转,说:

"闺女,这可是件大事,你得跟小宋好好商量商量。"

她说:

"大娘,这孩子,不是他的!"

司令娘说:

"这孩子不是小宋的?闺女,你可别说气话。"

她说:

"大娘,求您不要再说了,您陪我去趟卫生院吧……我心里还是有点怕……"

她起身往外走了,司令娘拐着小脚跟在她的身后。

她们走在大街上,阳光很亮,照在身上暖洋洋的。田野里飘来麦子开花的香味儿,我爹喊牛的声音一波一波地传来,"哈咧咧咧——呜啦啦啦——"我爹喊牛的声音好听极了,"宋鬼子"说过,我爹喊牛的声音可以与川江上船夫的号子媲美。村里人都下地干活去了,大街上只有一条灰狗在垂头丧气地散步,几头老牛拴在饲养室墙后的柱子上回嚼,几只劫后余生的鸡在脏土堆上刨食儿。"茶壶盖子"走得很快,司令娘像个小孩子似的拽着她的衣角,扭秧歌似的在后边紧跟着。她一边走一边哀求着:

"闺女,你再好好想想,一个旺活的性命,不能这样说毁就毁了,天老爷会生气的,送子娘娘会不高兴的,闺女,好闺女,听大娘一句劝,把这个好孩子留下吧……"

司令娘唠叨着,眼泪哗哗地流了下来。"茶壶盖子"停住脚步,说:

"大娘,您别哭了,您一哭我的心就乱了……"

她们翻过河堤,走上小桥。桥下的水蓝汪汪的,镜

子似的,照出了她们的倒影。司令的娘望着"茶壶盖子"水中的倒影,说:

"闺女,你自己看看,你不年轻了呀!你不年轻还是年轻,你不趁着年轻生了娃娃,等老了怎么办?你老了谁侍候你?谁给你端屎端尿?你死了谁给你摔瓦盆?谁给你圆坟头?谁给你烧纸钱?你要是国家的人大娘也不劝你,国家的人从生到死国家全包了,可你现在是庄户人,庄户人国家不管,一切都要靠自己……"

一只油亮的小燕子贴着水面掠过来,用它的洁白的肚皮点了一下水,水面上荡开了层层波纹,她们的脸在水中动摇变幻了。泪水更多地从她们脸上流下来,把她们胸前的衣服都打湿了。"茶壶盖子"到河边撩着河水洗了洗脸,走上来说:

"大娘,我知道您是从心眼里疼我,但这个孩子我不要,我不想替一个无情无义的男人怀孩子!"

司令娘吃了一惊,忙问:

"怎么,小宋变心了?"

"茶壶盖子"说:

"大娘,走吧,不要再问了。"

司令娘咬牙切齿地骂道:

"这个小杂种!这个杀千刀的小杂种,他怎么敢这么无情呢？！"

卫生院妇科那间唯一的房子里，一个村妇正在生产，王大夫的高声大嗓从破门板的缝里冲出来："使劲使劲！早晚脱不了！"好像是产妇的婆婆在求情："他大姑，让孩子歇歇吧……""放屁！"王大夫怒骂着，"你想让她死？你如果想让大人孩子一块儿死咱就让她歇歇，你说吧，你说！"产妇的婆婆忙说："好孩子，别听我的，听你大姑的。"王大夫说："你自己想想吧，想死，就这么靠着吧，不想死，就努一把力，早晚是你的活，谁也替不了你！"

司令娘不知深浅，上前敲门，门推开了一条缝，探出了王大夫那个白白胖胖的大脸，她烦不胜烦地问：

"干什么？"

司令娘说：

"他大姑，这闺女要……"

王大夫伸出两只血手，说：

"大婶子，你没看到我在忙着吗？"

司令娘说："小唐是知青，应该优先……"

"见了来流产的我就恨！"王大夫看看小唐的脸，猛地关上门，在屋子里说，"在外边等着，这会儿就是省委书记的娘来流产也得等着。"

"茶壶盖子"有些抱怨地说:

"大娘,您就别张罗了!"

她的脸色苍白,身子摇晃起来。司令的娘问:

"闺女,你哪里不好?"

"茶壶盖子"说:"我有点头晕……"

司令的娘慌忙把她扶到墙根上坐下,说:

"大娘为你着急,惹王大夫生了气,你别在意……"

她说:

"大娘,您别这样说,我在这个世界上,就您这么个亲人了。"

她们并排着坐在墙根上,听着屋子里传出的王大夫的咋呼声和产妇鬼哭狼嚎般的号叫声。司令的娘说:

"嗨,现在的年轻人,一点苦都不能受,我们生孩子那会儿,哪有出声的?再痛也得咬牙忍着。"

太阳接近正午了,光线又白又亮,刺人眼睛。她们被晒得浑身刺痒,身上好像有小虫在爬。卫生院南墙根上种了一片月季,开了几十朵红红黄黄的花。蜜蜂和苍蝇都围着花朵飞舞,发出嗡嗡嘤嘤的声音,令人听了昏昏欲睡。

屋子里突然响起了婴儿的哭声:呱,呱,呱,活像蛤蟆叫。王大夫高兴地说:"一个大小子!"产妇的婆婆激动地说:"老天爷开了眼啦!老天爷开了眼啦!俺老许家有了接班人啦,老许家绝不了后了……"说着说着,那婆婆就呜呜地哭起来。王大夫说:"你哭什么?"婆婆说:"我是高兴的……"

这时,从卫生院大门外慌慌张张地跑来一个青年,紧跟在青年后边的是个老头,她们明白这是产妇的丈夫和公公来了。产妇的婆婆拉开门蹿出来,手舞足蹈地说:"老头子,老头子,生了,生了,生了个大孙子……"产妇的公公兴奋地搓着手,身体在原地打转转,好像一只被打蒙了的鸡。产妇的丈夫望着他娘的脸,只顾傻笑。

王大夫训斥"茶壶盖子":

"小唐,你是怎么搞的?他们没有文化,造了孽还有情可原,你有文化,怎么也造孽?"

司令娘说:

"他大姑,您就别训她了,这孩子熬得苦着呢!"

"苦也不能不顾后果,"王大夫说,"我这辈子,积德的事全让我干了,缺德的事也全让我干了!"

这时候,产妇的婆婆抱着孙子从产房里出来,一溜小跑地向那辆小推车走去。产妇的丈夫背着产妇,从产房里出来。这小子的脸恋成了一朵花。他背着妻子,给王大夫鞠了一躬,说:

"大姑，赶明儿我来给您送红皮鸡蛋！"

王大夫说：

"看不出你这么个小猢狲竟然能弄出这么个大小子！"

那小子背着妻子歪歪扭扭地走了。从后边看不到他的身体，只能看到他那两条紧着挪动的小短腿和他的妻子肉山般的身体。

王大夫感叹一声，看看"茶壶盖子"长满了褐斑的脸，说：

"进去吧！"

"茶壶盖子"坚定地说：

"王大夫，我不做了！"

司令娘兴奋地说：

"闺女，这就对了，咱就把他生下来，看他们能怎么着？他们还敢给捏死？"

王大夫悄声说：

"大嫂子，您别扯着个叫驴嗓子瞎咧咧好不好？"

司令娘慌忙捂住嘴，低声说：

"我是欢喜疯了！"

王大夫说：

"进屋，我给你做个检查，开个证明，就说你有炎症，不能手术。"

## 四

尽管出示了王大夫的证明，但县革委知青组的干部们还是要求"茶壶盖子"去做"人流"，他们说已经跟县医院妇科主任说好了，主任答应亲自动手，保证万无一失。任这帮人把嘴唇磨薄，"茶壶盖子"就是一句话：

"我不去，我要把他生下来！"

知青组长说：

"小唐同志，这就是你的不对了！你这样做想没想过后果？"

"茶壶盖子"说：

"我什么都想了，即便你们把我抓进监狱在牢房里我也要把他生下来！"

组长说：

"小唐，我是代表组织跟你谈话，希望你能服从组织决定！"

"茶壶盖子"说：

"你们可以先把我打昏，然后把我抬到手术床上！"

司令的娘在门外听得不耐烦了，用擀饼棍子捅开门，指着组长的鼻子说：

"你这个人怎么这样狠心？当初要是有人逼着你娘去'人流'，怎么会有你？"

组长怒道：

"你这老太太说话怎么这样难听？"

司令娘说：

"想听好听的？想听好听的进戏园子，跑到我们这里干什么？"

组长严肃地问：

"你家是什么成分？"

司令娘说：

"你管我家是什么成分？"

门外听热闹的人大声说：

"她男人是旅长，他儿子是司令！"

组长问：

"是国民党的还是共产党的？"

哈哈哈哈……众人在门外大笑。

那天我没在门外听热闹的人群里，因为那天正好是我的婚礼。我穿着一身崭新的蓝色制服，坐在院子里，等待着王木匠的瘸腿闺女王桂花的到来。我姐姐在灶间帮我母亲忙碌着，她那三个小孩子，两个在院子里比赛爬树，一个坐在树下和尿泥。上午九点半，院门外响起了鞭炮声，王桂花在她的两个叔伯姊妹的陪同下进了我家院子。她上穿一件大绿绸子袄，下穿一件大红绸子棉裤，让我联想到一根粗大的红萝卜。往常村子里有人结婚，抢喜糖看热闹的能把院门挤破，但今天我家院子里却是冷冷清清。我的心里感到很难过，我爹脸上也很不好看。没人来闹，说明我家人缘不好。村子里只有麻风家结婚才没人去闹啊！

第二天我才知道，原来村子里的人都到知青点看热闹去了。县知青组长，加上公社知青组那几个鸟人，乘着一辆草绿色的北京吉普，一路鸣笛、跌跌撞撞地进了我们村。我们村的人见过很多次新媳妇进村，但谁也没见过草绿吉普车进村。谣言马上就起来了，说是公安局来抓"茶壶盖子"了。我们村的人谁不认识王木匠的瘸腿闺女呀？但我们村的人谁也没见过公安局抓人，更没见过公安局开着吉普车来抓一个知青，女知青，搞破鞋搞大了肚子的女知青，曾经是最美丽的女知青，"茶壶盖子"，这种热闹我与王木匠的闺女的婚礼如何能比！知道了原因，我们一家心里马上就坦然了。当天晚上，请一帮子人来我家喝喜酒，司令也来了。

## 五

我们六人，围桌而坐，都是从小的伙伴。吴巴、薛刚、范小鬼子、罗铁锁。司令从小就寡言，现在更成了一个闷葫芦。他十五岁时就有一米七高，二十岁时一米八，二十岁一米八一，此后再也没长。他的胡须很重，有点络腮，双目漆黑，头发很硬，坐在那里，像个强盗。吴巴小学毕业后，去念了"联中"，小知识分子，不愿干活，在村里小学，担任教师，既教语文，又教数学，每周三节体育，还有两节音乐；他夏天讲课，喜欢光背，手舞足蹈，唾沫横飞，平日讲话，出口成章，经常写诗，四六成行，投到省报，梦想发表，没有发表，运气不好。薛刚会打铁，尤善打菜刀，他打的菜刀能剁断钢丝，但切菜不快。范小鬼子会做豆腐，卤水点的老豆腐，能用秤钩子挂起来那种。罗铁锁让铡草机切去了一条胳膊，走起路身体斜斜。

大家举盅，一齐祝贺。祝我新婚，幸福快乐。然后仰脖，把酒干了。烈酒入肠，肚子发热，吃点小菜，压压邪火。没啥好吃，各位凑合。一碟虾皮，小葱拌了；一碟花生，用油炸了；一碟萝卜，用醋熘了；一碟黄豆,盐水煮了。一盅一盅,紧着忙活。景芝白干,当时名酒,六十二度,性情猛烈,非大喜事,舍不得喝。三瓶小酒,眼见干了。我们六个,舌头发硬,耳朵发热,酒遮着脸,信口胡说。我们六人,全都成婚,唯有司令,还是光棍。他的条件,其实很好:浓眉大眼,面相不错;虎背狼腰,身板不错;沉默寡言,性格不错;干活卖力,品质不错;出身贫农,阶级不错;三间草屋,一个大院;四只大鹅,八只母鸡;一个老娘,两头猪崽。院里有树,一枣一柿。枣子熟了,满树红星;柿子熟了,满树灯笼。小康之家,很是红火,可是司令,竟没老婆。我们大家,都很生气,齐骂女人,瞎了眼睛。我的老婆,过来敬酒,一步一瘸,很是幽默。木匠女儿,虽然腿瘸,精神健旺,语言活泼。她给众人,一一倒酒,然后举杯,接近头顶:各位大哥,各位小弟,敬你们三杯,表表心意。女人敬酒,不许不喝,谁要不喝,就是老鳖!说完这话,仰脖灌下,连干三杯,面不改色。众人吃惊,连连喝彩,王家闺女,果然厉害!我妻骄傲,大言不惭:三杯水酒,算个什么?我跟我爹,赶集卖门,天寒地冻,滴水成冰,为驱寒气,怀揣酒瓶,一步一口,半里一瓶。她吹大牛,我心不悦,板起面孔,用话刺她:行了行了,你别吹了,人说你胖,你就大喘，人说你白，就不洗脸！她不服气，反唇相讥：你说我吹？咱就实践，每天三斤，景芝白干，我喝不完，我是屎蛋，你供不起，你是混蛋！看她的表情，决不撒谎，这样酒坛，比较难养。一瓶景芝，一元二角，三瓶景芝，三元六毛。这样消费，谁能承受？这样老婆，真是欠揍。大家都笑，哈哈哈哈，只有司令，眉头紧锁。吴巴开言，问我老婆：我说大嫂，你给说说，司令大哥，如此好人，为啥女人，都不上门？我妻鲁莽，直言回答：司令大哥，你别发火，如果发火，我就不说。司令言道：你说你说，我这等人，哪里有火？我妻开言：你要不火，那我就说，都说您是，一个傻蛋，帮人干活，不吃人饭，只管拉车，不管看路，脑子不好，影响后代，有人说您，得过脑炎，有人说你，不会算数，三八二三，二八十五。有人说您，下边很小，包头包茎，像个蚕蛹。我的老婆，啰唆没完；新婚媳妇，流氓语言；如此娘们，实在丢脸；被我一脚，踹到外边。信口开河，胡言乱语，望风扑影，没有根据。要说别人，咱不知道，司令大哥，发小朋友，您的那话，谁敢说小？下河洗澡，比赛撒尿，相互之间，经常见到，您的老二，亚洲一号！大家齐声，安慰司令，都说大哥，不必心急，时候不到，长夜难明，姻缘没到，急也不行,姻缘到了,不成也成,必有仙女,在把你等,晚豆最香,晚瓜最甜,晚来女人,决不平凡。大家喝酒,不提这话,话题一转,说起小唐。都说小唐,真是命苦,八年抗战,喝风吃土,白脸变黑,黑脸变黄,一朵鲜花,不成模样。说起宋河,这个鳖蛋,偷鸡摸狗,人事不办,弄大人肚,还不认账。这个小子,不是溜子,是个舅子,下次见他,给他好看,知青不打,打了犯法,把他的头,塞进裤裆,"老头看瓜",不留外伤。整他时先蒙住他的眼,用臭袜子堵住他的嘴,不让他喊,给小唐报仇,替母鸡申冤。说着骂着,又转了话题:二皮二皮,你这东西,当年迷她,几成花痴。我脸飞红,张口反击:伙计们住嘴,你们是老鸹,笑话猪黑。吴巴你好,送给她枣;薛刚忘了,替她背草;范小鬼子偷看她洗澡;罗铁锁跟着她傻跑;司令大哥,帮她磨镰,磨得那镰,吹毛寸断。想起往事,感慨万千,这个女人,真是可怜。这个女人,真不简单,非要养个私孩子,不怕丢人现眼,这件事情,还有大麻烦。公社县里,不会算完。

## 六

那一天恰好是七月初七,天上的牛郎在会织女。

县、社联合调查组进了村庄，弄得天空中布满乌云。既然肚子里的孩子不属宋河，揪出来孩子爹很有必要。社员们对"茶壶盖子"很是同情，但都是敢怒而不敢言。调查组里有两个健壮女人，胳膊上的力气胜过男人。她们把"茶壶盖子"架上吉普，要拉她去县里强行手术。司令娘手持棍子挡在车前，说你们除非从我的身上压过去。村里人都袖着手站在路边，眼睛里有火苗子往外蹿。调查组看情况不敢动蛮，那两个女人说：只要你把让你怀孕的男人说出来，我们就放你一马。"茶壶盖子"抬起她的蓬头垢面，四处张望着，好像在找孩子的爹。我们都下意识地低下头，生怕让她抓了去当了替死鬼。司令的娘也四处张望着，好像在帮着"茶壶盖子"找个替死鬼。后来我们才明白我们是以小人之腹度了司令娘的君子之心。人家老太太是在搜索自己的儿子呢！她大声喊叫着：

"司令呢？司令呢？"

司令从我的身后往前跨了一步，低着头：

"娘，我在这里……"

"好儿子，男人做事，敢做敢当，你认了吧！"

"娘……"

"还娘什么？"

"娘……"

"认啊!"

"这个孩子是我的……"

司令的话有点石破天惊的意思,一时间我们的心都感到很痛、很热、很乱。我们的眼光都定在了司令脸上。

调查组长问:

"你说她肚子里的孩子是你的?"

司令说:

"我说她肚子里的孩子是我的。"

村支部书记说:

"司令,你狗日的疯了?!"

司令抬起头来,定定地看着"茶壶盖子"的脸。

"茶壶盖子"眼睛里流出了泪水。

司令提高了声音,说:

"这个孩子是我的,我认了!"

## 七

第二天,来了两辆摩托车,开到了司令家门前,车上跳下几个白衣民警,将司令铐走了。

司令的娘镇静地说：

"孩子，你犯的不是死罪，去吧，别跟政府硬抗，我和你媳妇等你回来。"

"茶壶盖子"挺着大肚子在大街上追赶摩托车，怎能追得上？车轮卷起的黄尘就像团团烟雾，把她罩住了。

在车轮后腾起的黄尘还没遮断我们的目光之前，我们看到高大的司令委屈地坐在摩托车的挂斗里，艰难地往后扭过头来，看着在车后跟跟跄跄地奔跑着的"茶壶盖子"。我们感觉到他要说话，按照一般的常理推断他很可能要说话，或许他确实说了什么话，但他的话淹没在响屁一样的摩托声里了，我们只看到他的嘴唇嗫嚅着，好像嘴里嗫着一个看不见的奶头，但我们没听到他嘴里发出任何声音。立刻就黄尘滚滚而起，他的好像抹了石灰的苍白的嘴唇在我们脑子里留下了永不磨灭的印象。

"茶壶盖子"绊倒在黄尘中，等到黄尘落定后，我们看到她伏在厚厚的黄土里，像一个生满了茅草的坟包。

司令娘从后边追上来，她的小脚使她的奔跑就像扭秧歌一样。

我们的心里一时充满了同情，我们起码是暂时地忘了"茶壶盖子"的知青身份，也暂时地忘了我们与她之间的感情纠葛，我们一拥而上，把"茶壶盖子"拉起来，就像拉起一个与我们同甘共苦过的兄弟。我们看到两行清清的泪水从她的脸上流下来，把脸上的黄土冲出了两道小沟。

我们的老婆们也拥了上来，我们退到外圈。"茶壶盖子"扑到司令娘的怀里，响亮地叫了一声："娘啊……"然后就放声大哭起来。

我们那些刁蛮粗俗的老婆们受了感染，一个个泪流满面。她们搀扶着"茶壶盖子"，向司令家走去。我的老婆一瘸一跛地跟在后边，双手捂着脸，哭得昏天黑地，前不久她的娘死了她都没哭得这样痛。

## 八

司令被抓到县里，我们心里难过、焦急，但我们都是些笨蛋、土鳖，下地打牛、上炕打老婆是我们最大的本事，而且还不敢轻易打。对营救司令这样的大事我们一点办法也没有。我们去找村党支部书记赵大叔，希望他能去县里活动活动，把司令保回来。我们知道进县办事不容易，每家拿了十个鸡蛋，总共凑了一百个鸡蛋，用一个柳条筐盛着。我们希望赵大叔把这些鸡蛋送给县里的领导，让他开开恩，把司令放出来。赵大叔对我们的愚昧嗤之以鼻，他说：

"这么多知青在村子里教育了你们这么多年也没把你们教育得聪明一点？亏你们想得出，拿着一百个鸡蛋就想让我进县城通关节？你们知道县委书记家吃什么？"

是啊，县委书记这样大的干部，家里到底吃什么呢？我们很想从赵大叔嘴里探到这个秘密，但他说他也不知道。他劝我们该干什么就干什么，对司令的事不要瞎操心。国家有法律，操心也没用。他还说，司令去蹲几年班房也不冤枉，等他出来时，媳妇也有了，孩子也有了。捡了这么大个便宜——简直就是天上掉馅饼——不付出一点代价怎么行呢？

想想赵大叔的话，感到很有道理。像"茶壶盖子"这样的女人，如果不是知青下乡，我们这辈子也见不到，更别说天天在一起劳动。能讨到这样的女人做老婆——尽管肚子里怀上了别人的驹——蹲几年班房算什么？这样的女人就像皮薄肉厚的水蜜桃，看着养眼，闻着提神，简直舍不得吃嘛！与这样的女人相比我们的女人就是老枣树上结的干巴枣。为这样的女人蹲几年班房的确是值的。

赵大叔说:

"司令是个有福气的,大智若愚,你们都不行!"

"茶壶盖子"一个人悄悄地进了县城,拦住了一个中央大员的汽车——其时国务院正在我们县召开全国农业机械化会议——她跪在大员的汽车前,字字血声声泪地诉说了自己的凄惨遭遇,说得那大员老泪纵横——一切问题迎刃而解。

第二天,县里专门派了一辆吉普车,把"茶壶盖子"和司令送回了村庄。

我们曾经产生过错误认识,认为搁浅在村子里的"茶壶盖子"已经跟我们没有太大的区别,但她的这次拦车告状让我们认识到,知青再倒霉也是知青,农民再走运也还是农民。无论多么落魄的知青也比我们高贵。

我们参加了"茶壶盖子"与司令的婚礼,公社与县知青办也派人前来参加。他们在婚礼上说了许多祝福的话,说小唐同志真是毛主席的好学生,下来这么多知青,都是些"飞鸽"牌,只有小唐同志是"扎根"牌。

两个月后的一天深夜,"茶壶盖子"在王大夫的产房里生下了一个男婴,哇哇哇叫唤了三声,翻翻白眼,死了。

又过了两个月,司令的娘死了。老太太临终前紧紧地抓着"茶壶盖子"的手,好像要说什么,但她的嘴唇光哆嗦,什么也说不出来了。

"茶壶盖子"眼含着泪水,说:

"娘,您放心吧……"

## 九

1977年,恢复高考,吴巴这家伙竟然考上了山东大学。春天时他说要参加高考,我们还嘲笑过他,我们说吴巴你别做梦了,就凭着你那两句顺口溜儿还想考大学?你要能考上大学,生产队里那头老母猪也能考上。吴巴不但考上了,而且考上了山东大学,山东大学啊!吴巴的娘把祖先的牌位都搬了出来,做大菜摆供;吴巴的爹到祖先的坟上去烧纸磕头放鞭炮,惊起一只野兔子,一头撞在树上,昏了,让吴巴爹捡到了,真是好事成双,喜从天降。吴巴将我们请到他家去喝酒,他的老婆忙得团团转,喜气洋洋。我们双手抱拳,对她作揖:

"吴家嫂子,大喜大喜!"

她愣了一下,也将那两只沾满面粉的手抱到胸前,对我们说：

"同喜同喜！"

罗铁锁悄声对我说：

"这个小娘，得意洋洋，只怕好景，不会久长！"

"未必未必，"我说，"娶了老婆，不能忘娘，糟糠之妻，不能下堂，休了前妻，必废后程，不忘故交，前途光明！"

罗铁锁说：

"你若不服，咱俩打赌，他若不休妻，我请你吃烧鸡；他若休了妻，你请我吃烧鸡。"

吴巴上大学的第二年，暑假回来，就把老婆休了。

听说在县里就工的知青们也掀起了复习功课参加高考的热潮，县里还专门请一中的老师给他们辅导。我们自然地就想起了"茶壶盖子"，她难道不想去上大学？难道她就甘心一辈子在我们这个穷村子里当一个大队会计？

我到河里挑水时，正碰上挑水浇园的司令。他挑着一担水，迈着大步爬上河堤，我拦住了他，关切地问：

"司令大哥，你没听说？城里知青，都在复习，准备参加，国家考试。"

他停住脚步看着我，沉默了一会儿，说：

"我已经劝过她几次了。"

"你敢让她,参加高考?不怕她考上,成了小鸟?"

"成了小鸟,有啥不好?只要她好,我算个鸟!咱这穷地,兔不拉屎;水里含氟,土里含碱,生个小孩,黑牙黄脸。小唐初来,满口白银;不到十年,满嘴黄金。只要她好,我不计较。"

## 十

1978年,"茶壶盖子"考上了师范学院艺术系,"宋鬼子"也考中师范学院艺术系。

这个消息是司令告诉我们的。他兴奋得满面通红,逢人便说:

"小唐考上了,小唐考上师范学院艺术系了!"

他的高兴是由衷的。看着他那欣喜欲狂的样子,我们心里真替他难过。司令兄弟,你可真是个老实人!

"茶壶盖子"临行前夜,司令把我们请到他家去喝酒。"茶壶盖子"在灶上忙碌着,看她那样子,更像一个为了庆祝女儿考上大学招待亲朋的母亲。她戴着一副白套袖,在锅前炒鹅蛋。灶膛里的火把她的脸映得红彤彤的。她说:

"二皮,听说你小时候就喜欢吃我们家的鹅蛋?"

我说:

"我吃了你们家一个鹅蛋,但还了你们家一裤子瓜!"

她有些夸张地大笑起来,眼睛里笑出了细小的泪珠。

我总感到她的笑很不自然,好像是从皮里硬挤出来的。

酒至半酣时,她端上来一盘煎青鱼,然后摘下套袖,向我们敬酒,她说:

"二皮、薛刚、罗铁锁、范小鬼子,你们四个,给我听着:今日大嫂,学你们说话,尽量押韵,抑扬顿挫。你们几个,司令好友,狼狈为奸,一丘之貉,坏事干了不少,好事干得更多。我知道你们,心里想什么。今天晚上,为我送行,我的心里,十分感动。咱们相处,将近十年,彼此之间,无话不谈。我给你们,吃颗定心丸:我跟宋河,意尽情断,心中怨恨,重如磨盘。尽管跟他,同校同系,但他与我,各学各的。人怕伤心,树怕伤根,宋河那厮,伤了我心。我跟司令,患难夫妻,如果没他,我已成泥。我唐丽娟,不会忘恩;如果将来,我变了心;下到地狱,剥皮抽筋!"

话没说完她的眼泪就涌了出来。我们都深深地受了感动，嘈嘈杂杂地说：

"小唐小唐，大嫂大嫂，你的人品，大大的好。你的思想，十分高尚，你与司令，一对鸳鸯，棒打不散，刀砍不断。祝您学成，国家之宝；双手弹琴，摇头晃脑。好像老酒，喝了半坛；迷迷瞪瞪，赛过半仙。叮叮咚咚，没了没完……"

"我上学期间，还得麻烦各位兄弟帮我照顾一下司令，每逢过节什么的，你们别光顾了自家的老婆孩子热炕头，过来陪着他坐坐，我在这里预先给你们行礼了！"

她模仿着满人妇女，给我们打了一个千儿。气氛立即活泼了，大家说：

"今日大喜，不说闲言；喝酒喝酒，一醉方休！下面我们，行令猜拳。大嫂大嫂，你来把盏。谁敢耍赖，耳刮子打脸；耳刮子不解恨，就用顶门棍。一棍头破，两棍血流，三棍下去，摸不着炕头……"

## 十一

1983年，"茶壶盖子"竟然把司令的户口迁到了省城！这件事情，轰动了全县。我们对"茶壶盖子"敬佩之极，这样重合约守信誉的女人真是天下少有。我们对司令的福气羡慕不止，这就叫傻人有傻福，泥胎住瓦屋。我们真心里替司令高兴，都套上了自家的马车，送他们两口子到县城去坐火车。他们把家中的东西全都送给了乡亲，我们的大车无甚可拉，但我们还是把车都套上了。这一是要表示我们对他们的感情，二是向"茶壶盖子"炫耀一下，我们的日子比她在村里时，好了许多倍。她在村里时，全村只有一挂马车，而现在，我们每家都有一挂马车了。我们的老婆孩子也都爬上车去，要到县城为这对夫妻送行。我们只听说过男人当了军官，把农村的老婆接到城里去享福的事，但从来没听说过女人大学毕业分配工作后，把农村的男人接到城里去享福，而且还是去省城！

临走之前，"茶壶盖子"和司令都穿了重孝，到村西桃园里去给司令娘上坟。村里的人凡是长腿的都跟着去了。"茶壶盖子"按照农村的风俗在老人的坟前摆上了四个菜，五个馒头，一碗水酒，然后就烧纸、磕头，大哭。"茶壶盖子"的哭声把全村人的眼泪都引出来。吴巴的前妻哭着哭着就晕在了地上。众人心中，马上就把"茶壶盖子"和吴巴进行了比较，都觉得"茶壶盖

子"高尚无比而吴巴不是个东西。祭罢了婆婆,"茶壶盖子"回过头,对着全村的老老小小下了跪,说:

"大爷大娘们,没有你们的帮助就没有我唐丽娟的今天,我这辈子也忘不了你们……"

我们的老婆们上前把她扶起来,都抹着眼泪说:

"小唐小唐,快别这样。"

"茶壶盖子"又说:

"我和司令走了,俺娘的坟墓,就拜托你们帮着照看了……"

我们齐说:

"放心放心!"

我们一路上鸣着响鞭,把大骡子大马赶得一路小跑,蹄声嗒嗒,卷起一路烟尘。我们的老婆和孩子坐在车上,一个个挺胸昂头,都很骄傲的样子。我的老婆在车上还一个劲儿地念诗:

"今日进城,去送小唐;人欢马叫,鞭子高扬。司令大哥,运气真强,从此之后,进了天堂……"

我们说诗是跟着爱好诗歌的李老师学的,我老婆说诗却是闹知青时落下的毛病。1970年夏天,知青黄外香为了抢救生产队的小猪牺牲在司令家旁边的大湾子里,在知青的带动下,我们村掀起了一个歌唱英雄的运动,全村人只要不是哑巴不是四类分子就要编词儿,编出词儿来就让宋河和唐丽娟谱曲,然后在全公社范围内登台演唱。我老婆就是在那次运动中涌现出来的天才。这事儿当时轰动了全县,省里也派记者下来采访过,但最终没闹出大动静,否则就没有后来的小靳庄了。这件事没闹出个全国性的影响主要是黄外香的事迹不太过硬。这个闺女,有尿床的毛病,小伙子尿床,不算毛病;大闺女尿床,比较埋汰。生产队里的小猪很可能是在大湾子里洗澡,而黄外香很可能是投湾自杀。尽管没把我们太平村闹成小靳庄,但我们还是把黄外香闹成了革命烈士。她的墓现在还在大湾旁边。

我老婆那时还是王木匠的女儿,她一瘸一拐地走上高高的土台子,对前来参观的人们朗诵她的诗词:

"黄氏外香,浓眉大眼,早晨起来,学习"毛选",顾不上梳头,也顾不上洗脸。手捧"毛选",心明眼亮,突然发现,紧急情况。队里小猪,落进大湾,吱吱哇哇,叫苦连天。人民利益,重于泰山,个人小命,抛到一边。奋不顾身,跳进池塘,抓住小猪,顶在头上……"

我们赶着十几辆马车来到了火车站广场,开车时间还不到,我们就支起笸箩喂上了牲口。骡马咯嘣咯嘣地嚼着谷草,我们的肚子也很饿了。小唐要去买饭给我们吃，我们怎么能让她花钱？但她跟我们翻了脸。只好让她去买，她和司令，买回了十斤油条，还有二十个烧饼，我们的老婆孩子吃得满脸是油，欢天喜地好像过年。我们几个，商量了一下，凑了点钱，让我代表，交给小唐，表表心意。小唐不收，说她在城里，挣钱容易，要我们的钱，好不过意。我们一齐，与她争辩，说钱虽不多，乡亲们心意，你若不收，就是瞧不起我们。她含着泪收下了我们的钱，说：

"乡亲们哪乡亲们……"

她的泪哗哗地流了出来。进城之后，她的脸变白了，变嫩了，她的牙也变白了，但与她刚进我们村时那一口玉牙相比，缺少了光泽。我们太平村的含氟水实在是太厉害了。

一年之后，司令回来了一次。他身上穿着一件红色的羽绒服，戴着一副黑色的皮手套，身上有了许多城里人的意思，似乎连说话的口音也发生了一点变化。他说小唐给他找了个烧锅炉的工作，工作不累，但挣钱不少。他说吴巴经常去他家蹭饭，还说宋河也常去他家做客。我们提醒他防着宋河点儿，他笑着说：

"人家宋河的媳妇是歌舞团里的舞蹈演员，腰子细得像麻秆似的，奶子发得像馒头似的，脸蛋子嫩得像蛋清儿似的，你们还担心什么呢？"

我们哈哈大笑，轮番请司令到家喝酒。

三年之后，司令又回了一次村，把他家那几间房子和小院子卖了，然后就生不见人死不见尸了。

## 十二

司令犯了死罪的消息是吴巴带回来的。吴巴现在是省报的记者，好像是又离了两次婚。他刚与家里的老婆离婚时让我们骂得不敢回来，这几年人家当了大记者，我们也就不好骂人家了。何况，人家的前妻一直在家侍候着吴巴的爹娘，据说吴巴来家，俩人还是在一炕上睡，既然如此，我们再骂人家就是多管闲事了。吴巴也说过：你们骂我，就说明你们自以为比我高明，但既然你们比我高明，为什么我在城里当记者，你们在家锄地？他一句话就把我们给憋住了。是啊，几个锄地的，竟然骂写字的，简直是颠三倒四，混蛋逻辑。

吴巴这次回来是给他娘奔丧的。他的娘死了，我们这些人自然都去帮忙，寒冬腊月，地冻三尺，我们几个人冒着大雪到村西桃园里公墓地上，给吴巴的娘挖坟坑。吴巴娘的坟坑旁边就是司令娘的墓，墓上生满了野草，野草上挂着蛇皮，已经很久没人到这里了。看着司令娘的坟墓，自然就想起了司令。屈指一算，司令已经八年没有回来了。范小鬼子说：

"司令大哥，不够意思，进城之后，忘了兄弟。"

薛刚说：

"城里那地儿，人情如纸，人在其中，怎不变质？"

我说：

"还是吴巴，比较爱乡，经常回来，逛荡逛荡。"

范小鬼子说：

"吴巴回来，家有爹娘，爹娘死后，没了念想，要他回来，除非去绑。我说这话，你们不信，擦亮眼睛，等着观望。"

吴巴到墓地来看工程，我们向他打听起司令，他打了个愣怔，想了一会儿，面色沉重地说：

"他的情况，十分糟糕；因为杀人，进了大牢。罪行严重，判了死刑；用不多久，就要执行。"

吴巴的话，一阵寒风，吓得我们，心子嘭嘭，小脸发青，舌头打卷，说话不清。都说吴巴，你在造谣，司令大哥，心地善良，说他杀人，肯定诽谤。

吴巴说：

"初听这话，我也犯晕，但事实俱在，不由你不信。"

我们要他，细说根由，他说过程复杂，情节很多，等到晚上，咱们细说。

傍晚时分，大雪飘飘，送葬队伍，终于来到。棺材在前，孝子在后。喇叭悲鸣，锣声破裂。吴巴这兄，披麻戴孝，手持柳棍，大声哭号。看那样子，的确难过，不知他心里，想的什么。他的前妻，披头散发，鼻涕眼泪，一把一把，胸前孝衣，湿一大片。送葬队伍，拖泥带雪，观葬乡亲，交头接耳，听不清楚，说些什么。棺材入土，堆起坟包。吴巴前妻，跪地哭叫。白色孝衣，滚满黄泥，两只老手，拍打雪地。几个娘们，上前拉她，刚刚拉起，她又趴下。弄得吴巴，很是心烦，走上前去，冷冷开言：行了行了，差不多了，演出结束，该谢幕了！他的话儿，很是管用，女人爬起，擦擦眼睛。大雪不止，真好冷天，空中乌鸦，乱叫乱窜，还有黑狗，变成白狗，还有黑树，变成白树。狗追野兔，连滚带爬；人走雪上，吱吱嘎嘎。

吴巴请我们，去他家喝酒；我们推辞，说改日改日。吴巴却说：今晚不见，再见也难；湿手摸电，灯泡捣蒜，我的前途，一片黑暗。我们去了他家，脱鞋上炕。他的前妻，端上炒菜，有鱼有肉，很是不赖。接着捧上,一壶热酒,这样的贤妻,天下少有。我们客气,说不喝酒,大婶刚老,喝酒不好。吴巴却说,我娘九十,无疾而终,这是喜丧,不必戒酒。人生一世,草木一秋;绝代佳人,也是骷髅。大碗喝酒,大块吃肉,醉生梦死,及时享受。该死就死,该活就活,功名利禄,想它干吗?来,干杯!

三杯之后,又是三杯。二三得六,三三见九,九杯之后,酒都上头。有的脸黄,有的脸白,唯有吴巴,面如蓝靛。我们眼前,灯影晃动,想起当年,那些知青。话题一转,说起司令。

吴巴开言,一声长叹,说司令大哥,不该进城。"福兮祸所伏,祸兮福所倚",当初进城,大好事情,谁知为此,送了性命。他刚进城,缩手缩脚。家里来人,躲着不见,生怕丢了,小唐的脸。烧上了锅炉,有些好转;锅炉房里,一尘不染。他的工作,人人说好;群众拥护,领导喜欢。好景不长在,好花不常开。前年冬天,集中供暖,所有锅炉,不准冒烟;司令大哥,遭遇下岗,他的心情,糟到极点。他到报社,去找过我,让我帮他,找个工作。他说男人,必须挣钱,靠女人养活,挺不起腰杆。我在省城,无职无权,有心帮忙,力量有限。后来他又去找过我,我请他在小饭馆喝了一次酒,那天他喝得酩酊大醉,醉后他才,吐露真言,这个兄弟,活得艰难。小唐与宋河,并没割断,他们的关系,藕断丝连。司令大哥,忍气吞声,他们说话,大哥装聋,他们亲热,大哥闭眼。下岗之后,手里没钱,小唐让他,戒酒戒烟。他说自己,很想戒饭。来来来,喝酒!

他说事发那天,雷鸣电闪,宋河小唐,来把牌摊。宋河那厮,成了大款,银行里边,存了百万。他说司令,最好让贤,要屋给屋,要钱给钱;给你十万,拿着回乡,找个媳妇,并不困难。司令大哥,低头抽烟,烟雾腾腾,笼罩他脸,怒火满腔,烧红他眼。他摸起菜刀,把宋河来砍,宋河机警,跳窗逃窜。司令双眼喷吐着火焰,手持着菜刀,一步步对着小唐逼过去。小唐面如石灰,一步步向后退着。她转身想跑,被司令一把揪住了头发。她没有喊叫,也没有挣扎,仰着脸,像个羔羊。司令大喊:

"我杀了你!"

小唐说:

"求你了,成全我们吧……"

司令说:

"你不求我,我也许放了你,你求我,我非杀你不行了。"

这时,宋河带着警察赶来了,司令一刀就把小唐的脑袋劈开了。

警察冲进房子时,司令跪在地上,菜刀扔在一边。警察抓他时,他一点点都没反抗。

吴巴讲完,大家无言。酒冷菜凉,灯火昏暗。吴巴前妻,泪流满面;倚在门边,长吁短叹。我们几个,感慨万千;往事历历,如在眼前。范小鬼子问:

"我说吴巴,你这混蛋;杀人过程,活灵活现;好像是你,亲眼所见。司令大哥,心地良善;杀只小鸡,浑身打战。他爱小唐,胜过亲娘;患难夫妻,恩重如山。即便小唐,把他背叛;他也不会,劈头两半。我看是你,胡造瞎编;你的用心,十分阴险。是不是你,杀了小唐?嫁祸司令,老实绵羊?"

吴巴跳起来,满脸通红,大声喊叫:

"你胡说!"

范小鬼子说:

"看看看看,吓成啥样?心中无事,为啥脸黄?坦白从宽,抗拒从严,拒不交代,依法严办!"

窗外,风卷雪片,打得窗纸索索地响,夜已很深,院子里的狗,疯狂地叫了起来。吴巴的前妻走到灶间里大声地问讯着：

"是谁？"

"我。"一个沙哑的、十分耳熟的女声在窗外响起。

灯火映照之下，窗纸上投射出一个模糊的身影，她与我们，只隔着一层纸。

我们的身体紧缩成一团，恨不得钻到墙缝里去躲避。站在炕下的吴巴，脸色黄得好像蜂蜡，汗水从他的头发根子里冒出来，手里的酒杯也掉在了地上。他的嘴唇哆嗦着，语不成句地叨叨着：

"饶了我吧……饶了我吧……"

我们看到他的身体越来越矮，越来越矮，突然看不见了，宛如野兽落入了陷阱。

（一九九九年）

# 野骡子

十年前一个冬日的早晨,我家高大的瓦房里阴冷潮湿,墙壁上结了一层美丽的霜花,就连我在睡眠中呼到被头上的气流也凝结成一层细盐般的白霜。房子立冬那天刚刚盖好,抹墙的灰泥尚没干透,我们就搬了进来。母亲起床后,我把脑袋缩进被窝,躲避着刀子般的阴冷。自从父亲跟随着野骡子逃跑之后,母亲发奋图强,艰苦创业,五年如一日,用自己的劳动和智慧积累了财富,建成了全村最高大最壮观的五间大瓦房。提起我的母亲,村子里人人佩服,大家都夸她是好样的。在夸奖我母亲的同时,人们总是忘不了批评我的父亲。父亲在我五岁时,与村子里臭名昭著的女人野骡子结伴私奔,逃到了不知什么地方。五年过去了,真实的音信一点也没有,但关于他们的谣言,却像那个小火车站上的运货慢车每隔一段时间卸下来的肉牛,在那些黄眼珠的牛贩子轰赶下慢吞吞地进入我们的村庄。肉牛被牛贩子卖给村子里的屠户杀死——我们村是个屠宰专业村——谣言却在村子里传来传去,好像一群飞来飞去的灰鸟。有的谣言说父亲带着野骡子在东北大森林里用白桦木建了一座小屋,屋子里垒了一个大炉子,松木劈柴在炉子里熊熊燃烧,小木屋的房顶上覆盖着白雪,墙壁上挂着成串的红辣椒,房檐下悬着晶莹的冰凌。他们白天打猎挖参,晚上在炉子上煮狍子肉。在我的想象中,父亲的脸和野骡子的脸被炉火映得红彤彤的,好像抹了一层红颜色。有的谣言说父亲带着野骡子流窜到了内蒙古,白天他们骑着高头大马,身披肥大的蒙古袍子,唱着悠扬的牧歌,在一望无际的草原上放牧牛羊;到了晚上,他们就钻进蒙古包,点起一堆牛屎火,火上吊着铁锅,锅里炖着肥羊肉,肉香扑鼻,他们一边吃肉一边喝着浓浓的奶茶。在我的想象中,野骡子的眼睛在牛屎火的映照下闪闪发光,仿佛两块黑宝石。有的谣言说他们偷越国境到了朝鲜,在一个美丽的边境城市里开了一家餐馆。他们白天包饺子擀面条卖给朝鲜人吃,到了晚上,饭馆关门后,就煮上一锅肥狗肉,启开一瓶白酒,每人握着一条狗腿,两人握着两条狗腿,锅里还有两条狗腿打滚翻跟斗，散发着诱人的香气，等待着他们来吃。在我的想象中，他们每人握着一条狗腿，端着一碗白酒，他们喝一口白酒啃一口肥狗肉，撑得腮帮子鼓鼓的，好像油光光的小皮球……我承认那时候我是个没心没肺、特别想吃肉的少年；无论是谁，只要给我一条烤得香喷喷的肥羊腿或是一碗油汪汪的肥猪肉，我就会毫不犹豫地叫他一声爹或是跪下给他磕一个头或是一边叫爹一边磕头。如果生长在别的村庄，我也许还不会产生如此强烈的食肉欲，天让我生长在屠宰专业村，触目皆是活着行走的肉和躺着不会行走的肉，鲜血淋漓的肉和冲洗得干干净净的肉，掺了水的肉和没有掺水的肉，猪肉牛肉羊肉狗肉还有驴肉马肉。我们村子里的野狗捡食肉渣胖得毛眼子流油，我却因为捞不到吃肉而瘦骨伶仃。我五年捞不到食肉不是因为我们吃不起肉而是因为母亲的节俭。父亲没走之前，我们家的锅边上经常沾着厚厚一层荤油，墙角上扔着成堆的猪骨头。父亲喜欢吃肉，最喜欢吃的是猪头肉，每隔几天，他就提回家一个腮帮子惨白、耳朵稍子通红的肥猪头。因为这些猪头，母亲和父亲不知吵闹过多少次，后来还为此大打出手。我母亲是个老中农的女儿，从小受的是勤俭持家、量入为出、攒下钱盖房子置地的教育。土地改革之后，我那位顽固不化的姥爷竟然还把积攒了多年的积蓄从地下挖出来,买了翻身雇农孙贵五亩地;这钱花得冤枉无比且给母亲的家庭带来了几十年的耻辱,逆历史潮流而动的姥爷也成为村里人的笑柄。我父亲出身流氓无产阶级,从小就跟着游手好闲的爷爷沾染上了好吃懒做的潇洒气质。父亲的人生信条是吃了今日就不去管明日,得过且过,及时行乐。他说如果我的爷爷勤俭持家,土地改革时肯定会成为村子里最大的地主,因为我的老爷爷死时留给我爷爷和我爷爷的哥哥一百二十多亩良田,还有两匹健骡四头黄牛;我爷爷用了不到十年的时间就把分到他名下的土地和牲口吃了个干净,土改时一贫如洗,成了村子里的头号贫农,而我爷爷的哥哥,却把他的家产在十年间扩大了两倍,成了村子里最大的地主。斗争地主挖浮财时他的态度极其恶劣,为了捍卫得来不易的家产,他提着菜刀与贫农团的人拼命,理所当然地成了恶霸地主,被贫农团砸了狗头。历史的教训和我爷爷的言传身教使我父亲兜里有一块钱决不花九毛九,他只要口袋里有钱就夜不安眠。他常常教育我的母亲,世间万物都是虚的,只有吃到肚子里的肉才是真实的。他说如果你把钱换成新衣穿到身上,人们很可能会把你的衣服剥去;你把钱盖成房子,几十年后也可能被别人抢去;你把钱置成金银，很可能为此丢了性命；但你把钱变成肉吃进肚子，那就万无一失了。那时候我很小，对父母的争论并不在意，他们吵架我吃肉，吃饱了就坐在墙角上打呼噜，好像一匹养尊处优的猫。父亲走后，母亲为了盖这五间大瓦房，几乎节俭到了嘴里不吃腔里不拉的程度。房子盖好后，我希望母亲能改善饮食，让久违的肉类重新登上我家的饭桌，谁知母亲的节俭比盖房前有过之而无不及。我知道母亲心里又在酝酿着更加宏伟的计划：购买一辆大卡车，就像村里的首富老兰家那辆一样：长春第一汽车制造厂生产，解放牌，草绿色，有六个巨大的轮胎，方头方脑，铁板坚固，宛如坦克。我宁愿住着从前那三间低矮的茅草屋只要有肉吃，我宁愿坐在浑身哆嗦的手扶拖拉机上在乡间的土路上颠簸只要有肉吃。去她的五间大瓦房，去她的解放牌大卡车，去她的肚子里没有一点油水的虚荣生活吧！我越对母亲心怀不满就越怀念父亲在家时的幸福生活，对我这种嘴馋的男孩来说，幸福生活的主要内容就是可以放开肚皮吃肉。只要有肉吃，母亲与父亲的大吵大闹甚至大打出手算得了什么？五年中流传到我耳朵里的关于父亲与野骡子的谣言何止二百条？但我念念不忘并且反复品味的，也就是前边所说的那三条，每一条都与吃肉有关。每当那几条谣言中他们俩吃肉的情景栩栩如生地展现在我的脑海里时,我的鼻子就嗅到了诱人的肉香,肚子咕咕地叫着,透明的哈喇子从嘴里不知不觉地流下来。每当这时候,我的眼里就饱含着泪水。村子里的人经常看到我一个人坐在村头那棵粗大的柳树下独自垂泪,他们叹息着走开,有的人嘴里还唠叨着:嗐,这个可怜的孩子!我知道他们对我的垂泪做出了错误的判断,但我也不能纠正他们,即便我对他们说,我的垂泪是被肉馋的,他们也不会相信。他们不可能理解一个男孩对肉的渴望竟然能够强烈到泪如雨下的程度。

我蒙头盖腚地紧缩在被窝里,火炕上的热气早已散尽,薄薄的褥子根本就挡不住水泥炕面返上来的凉气,我一动都不敢动,恨不得变成一只裹在茧里的蛹。隔着棉被我听到母亲在堂屋里生炉子,她用斧头将木柴砍得啪啪作响,好像在借机发泄对父亲和野骡子的仇恨。我盼望着她赶快生起炉子,因为炉膛里熊熊燃烧的火焰会驱散房间里的阴冷湿气;我同时也盼望着她把生炉子的过程尽量延长,因为她生着炉子后的第一件事就是用粗暴的手段赶我起床。她喊我起床的第一声还比较温柔;第二声就把嗓门提高,且明显地透露出厌烦;第三声几乎就是怒吼了。她从来不会喊我第四声;三声喊罢,如果我还不能像火箭一样从被窝里蹿出来,她就会用非常麻利的动作,将盖在我身上的被子扯走,然后顺手捞起扫炕笤帚,对准我的屁股猛打。如果事情发展到了这种程度,我的霉头就算触大了。如果她的第一笤帚打在我的屁股上时我本能地跳起来蹿到窗台上或是炕角上躲避,使她心中的怒火得不到发泄,她就会穿着粘满泥巴和猪毛的鞋子蹦到炕上,揪着我的头发或是掐着我的脖子将我按倒,抡起笤帚,对准我的屁股,痛打不休。如果她打我时我不逃窜也不反抗,她就会被我的蔑视态度激怒,越打越来劲。反正不管是哪种情况,只要是在她的第三声怒吼之前我还没有迅速地跳起来,我的屁股和那个笤帚疙瘩就要吃大苦头。她总是一边打着我一边喘息、吼叫,刚开始是纯粹的吼叫,就像猛兽的吼叫一样,有激烈的感情但是没有文字内容,当笤帚疙瘩与我的屁股接触大约三十下后,她手上的力道就明显地减弱,声音也丧失了洪亮变得嘶哑而低沉,而这时,她的吼叫里就出现了文字,这些文字刚开始是对着我的,她骂我是"狗杂种"、"鳖羔子"、"兔崽子",然后不知不觉中她就把矛头指向了我父亲,她在骂我父亲上向来不浪费太多的时间,因为骂我父亲的话与骂我的话大同小异,基本上没有新的发明与创新,不但她骂着没劲,连我听着也感到寡淡无味。就像由我们村子去县城必须从那个小火车站经过一样，母亲骂父亲也是骂野骡子的必经之路，匆匆而过，不得不过。母亲的嘴巴喷吐着唾沫在父亲的名誉上匆匆滑过，然后就与野骡子狭路相逢了。这时母亲的声音提高了，母亲在骂我和骂父亲时眼睛里饱含着的泪水被怒火烧干，如果谁不理解"仇人相见，分外眼明"的含义，请到我家来看一看我母亲怒骂野骡子时的眼睛。母亲骂我们父子时，翻来覆去、颠三倒四的就那么几个可怜的词汇，但当她骂起了野骡子时，语言顿时就丰富多彩起来。譬如母亲骂"我男人是匹大种马，日死你这匹骚骡子"，"我男人是头大象，戳死你这个母狗"，基本上都是这种格式，母亲的经典骂句花样翻新但万变不离其宗。我的父亲，实际上变成了母亲报仇雪恨的一件利器，母亲让父亲不断地变幻成庞大无比的动物，对野骡子变换成的弱小动物施暴，仿佛只有这样才能解除她的心头之恨。母亲高高祭起父亲的生殖器欺辱野骡子时，她打我屁股的速度就渐渐放慢，手下的力气也渐渐减弱，然后她就把我忘记了。事情演变到这种地步，我就悄悄地爬起来，穿好衣服，站在一边，入迷地聆听着她的精彩詈骂，脑子里转动着许多问题。我感到母亲对我的詈骂毫无意义，如果我是个"狗杂种",那么是谁跟狗进行了杂交?如果我是个"鳖羔子",那么是谁把我生养出来?如果我是个"兔崽子",那么谁是母兔子?她骂的好像是我,其实骂的是她自己。她骂我父亲,其实也是在骂她自己。她对野骡子的詈骂,细想起来也没有任何意义。我父亲无论如何也变不成大象,更变不成种马,即便我父亲变成了大象,也不会跟一条母狗去交配。种马经过训练,有可能与骚骡子发生性关系,但那对骚骡子也许正是求之不得的乐事。但是我不敢把我的思辨讲给母亲听,那样会带来什么后果我想象不出,但没有我的好果子吃则是肯定无疑的,我还没有傻到自找倒霉的程度。母亲骂累了,就开始哭,泪如涌泉;哭够了,就抬起衣袖擦擦眼睛,然后走出院子,带着我忙碌挣钱的事儿。好像为了补回因为打人骂人耽误了的时间似的,她干活的速度会比平时快上一倍,同时她对我的监督也比平时要严格得多。所以无论如何我也不敢眷恋这个并不温暖的被窝,只要听到火焰在炉膛里发出了轰轰的响声,不用母亲开口,我就会自动地蹿起来,用最快的速度蹬上凉如铁甲的棉袄和棉裤,然后将被子卷起来,窜到厕所里撒尿,回来后站在门边,垂手而立,等待着她的吩咐。母亲是个节俭到了吝啬的人,怎么舍得在屋子里生炉子呢?因为潮湿的房子使我们母子俩生了一场同样的病,膝盖红肿,双腿麻木,花了很多钱买药吃才能下地行走。医生告诫我们,如果不想死还想活,就要在屋子里生火炉,尽快地把墙壁烘干,买药比买煤贵得多。在这种情况下,母亲才不得不动手在堂屋里盘了一个火炉,去火车站买了一吨煤,点火烘烤我们的新屋。我多么盼望医生能对母亲说:如果不想死,就要吃肉。但是医生不说,那个混蛋医生不但不劝我们食肉反而告诫我们不要吃油腻的东西,他让我们尽量吃得清淡点,最好素食,说这样既能使我们健康又能使我们长寿。这个坏蛋,他哪里知道,父亲叛逃之后,我们就开始了素食,素得就像送葬的队伍或是山顶上的白雪。整整五年了,我的肠子里只怕用最强力的肥皂也搓不下来一滴油花了。

这是个北风呼啸的早晨,炉子里的火发出呜呜的叫声,最下边那节铁皮烟囱烧红了,灰白的铁屑层层爆裂,墙壁上的霜花变成了明亮的水珠,汪在墙上,欲流不流。我手脚上的冻疮发起痒来,耳朵上的冻疮流出了黄水,人被融化的滋味实在是难受。母亲用一个小铁锅熬了半锅玉米面粥,从窗外的咸菜瓮里捞上来一块腌萝卜,分给我一大半,她自己留下了一小半,这就是我们的早餐。我知道母亲在银行里起码存了三千元钱,做烧肉的沈刚家还借了我们二千块,月息二分,利滚利,驴打滚,货真价实的高利贷。有这样多的钱还吃这样的早餐,我的心里怎么能痛快。但那时我是个十岁的孩子,根本没有发言权。有时我也发发牢骚,但母亲满面愁苦地盯着我,接着就骂我不懂事。母亲说,她这样节俭完全是为了我,为我盖房,为我买车,很快就要为我说媳妇。她还说:

"儿子,你父亲那个没良心的,扔下咱娘俩儿跑了,咱要干出个样子让他看看,也让村子里的人看看,没有他咱们比有他过得还要好!"

母亲还教育我,说她的父亲也就是我的姥爷曾经不止一次地说过,人的嘴,其实就是个过道,鱼肉和糠菜通过这个过道之后,其实都一样。人不能自己惯自己,要过好日子,必须与自己的嘴做斗争。母亲的话似乎有她的道理,如果我们在父亲出走后的五年里大吃大喝,我们的大瓦房就不可能盖起来。住在茅草棚里,即便满肚子肥脂,又有什么用处?她的理论与父亲的理论截然相反,父亲肯定会说:满肚子糠菜,即便住在高楼大厦里又有什么意思?我举双手赞同父亲的理论,用双脚踩践母亲的理论,我盼望着父亲能来把我接走,哪怕他让我饱食一顿肥肉后再把我送回来。

我们喝完了粥，抻出舌头把碗舔得干干净净，根本就用不着刷洗。然后母亲就带我到了院子里，往那辆破旧的手扶拖拉机上装货。这辆拖拉机是老兰家淘汰下来的，钢铁的把手被老兰的大手攥出了明显的痕迹，轮胎上的花纹早已磨平，柴油发动机内的缸套和活塞磨损严重，关闭不全，仿佛一个得了心脏病又患上气管炎的老人，发动起来之后，黑烟滚滚，漏气漏油，那声音古怪至极，既像咳嗽又像打喷嚏。老兰原本就是个慷慨的人，这些年因为卖掺水肉发了财就更加慷慨。他发明了用高压水泵从动物肺动脉里往动物尸体里强力注水的科学方法，用他的方法，一头二百斤重的猪，就可以注入满满的一桶水，而用旧的方法，一头牛也只能注入半桶水。这些年来，城里那些精明的市民用买肉的价钱买了我们村里多少水？统计出来很可能是个惊人的数字。老兰肚子溜圆，满面红光，说起话来洪钟大嗓，天生一个当官的材料。他当上村长后，毫无保留地将高压注水法传授给众乡亲，成了黑心致富的带头人。村里人有骂他的，有贴小字报攻击他的，也有写人民来信控告他的，但拥护他的人远比反对他的人多。后来我们才知道，老兰就像一个高明的拳师一样，不可能把全部的武艺毫无保留地传授给徒弟，他还要留一手绝活保命。老兰的肉同样是注水肉，但他的肉色泽鲜美，气味芬芳，放在烈日下曝晒两天也不会腐败变质，而别人的肉一天卖不出去就会发臭生蛆。这样，老兰的肉就不必担心卖不出去而减价处理，其实他的肉那么美丽也不存在卖不出去的问题。后来我们才知道老兰的肉里注的不是一般的水，而是福尔马林液。

我父亲与老兰曾经狠狠地干过一架，老兰折断了我父亲一根小指，我父亲咬掉了老兰半个耳朵。为这事我们两家结了仇，但父亲私奔后，母亲竟然与老兰成了朋友。老兰用废铁的价钱将他家淘汰下来的拖拉机卖给了我们。老兰不但把拖拉机卖给了我们，还手把手地免费教会了我母亲驾驶拖拉机。村子里那些长舌妇制造谣言，说老兰与我母亲有了一腿，我以儿子的名义向我远方的父亲担保，她们的话纯属放屁，她们是看到我母亲学会了开拖拉机嫉妒，而嫉妒中的女人嘴基本上就是个肛门，嫉妒中的女人话基本上就是臭屁。老兰贵为村长，腰缠万贯，仪表堂堂，经常开着威风凛凛的大卡车进城送肉，什么样的女人没见过？怎么可能喜欢蓬头垢面、衣衫褴褛的我母亲？我牢记着老兰在村子里的打谷场上教我母亲开拖拉机的情景，那也是个冬日的早晨，红日初升，打谷场旁边的草垛上凝着一层粉红的霜花，一只通红的大公鸡站在墙头上引颈长鸣,村子里响着此起彼伏的临死前的猪的尖叫,家家的烟囱里冒着乳白色的烟雾,一列火车开出车站,向着太阳升起的方向奔驰。母亲身穿着一件我父亲扔下的肥大的土黄色卡克衫,腰里扎着一根红色的电线,坐在驾驶座上,双臂张开,扶着把手,老兰坐在她的身后车斗的前沿上,劈开两条腿,分开两条臂,抓住我母亲握着拖拉机把手的手。这是真正地手把手地教,无论从前面看还是从后边看,他都把我母亲拥在他的怀里,尽管我母亲穿戴得像个火车站的装卸工,毫无女性的美感可言,但她的实质是个女人,这就让村子里那些女人们醋性大发,也让部分男人想入非非。老兰有钱有势,是公开的好色之徒,他根本不在乎人们说他什么,但我母亲是个被男人抛弃了的女人,寡妇门前是非多,她理应该小心谨慎,不给人们留下任何制造谣言的机会,但她竟然允许老兰用这样的姿势教自己学车,这行为只能用利令智昏来解释了。手扶拖拉机上的柴油机震耳欲聋地吼叫着,水箱里冒着袅袅蒸气,烟筒里喷吐着黑色的油烟,给人的感觉是既声嘶力竭又生气蓬勃,它载着母亲和老兰在打谷场上冒冒失失地转着圈子,仿佛一头被鞭子轰赶着的牛犊。母亲苍白的脸上泛起两片红晕,两只耳朵红得像公鸡冠子似的。那天早晨实在是冷，是那种无风的干冷，我的血液流动不畅，身体的边边角角像被猫儿咬着似的。母亲的脸上却流出了汗水，头发里散发着热气。她从来没跟机器打过交道，初次开车，尽管是最简单的手扶拖拉机，但肯定也是兴奋无比，激动万分，否则在如此寒冷的严冬早晨流汗就不可解释了。我看到母亲的眼睛里放射着一种美丽的光芒，自从父亲走后，母亲的眼睛还从来没这样明亮过。拖拉机在打谷场上转了十几圈后，老兰飞身从车上跳下来。他的身体是那样的肥胖，但他的下车动作是这样的矫健。老兰下了车，母亲紧张起来，她歪过头找老兰，拖拉机的车头对着场边的壕沟直冲过去。老兰大声喊叫着：扭把！扭把！母亲紧紧地咬着牙关，连腮帮子上的肌肉都鼓凸起来。她终于在拖拉机即将蹿到沟里去的一瞬间，将方向扭转过来。老兰在场内转动着身体，眼睛始终盯着我母亲，好像有一条看不见的绳子一头拴在我母亲腰上，一头牵在他的手里。他大声提醒着我母亲：眼睛往前看，别看车轮子，车轮子掉不了，也别看手，你的手粗得像砂纸似的，没有什么好看的。对了，就像骑自行车一样。我说过的，弄头母猪绑在驾驶座上，它也能开得团团转，何况一个大活人！加油门，你怕什么！所有的鸡巴机器都一样，千万别娇贵它,当破铜烂铁砸着最好,你越把它当个宝贝它越出毛病。对了,就这样,你已经出了徒了,可以把它开回家去了,农业的根本出路在于机械化,知道这是谁说的吗?你知道吗,小杂种?老兰盯着我问。我懒得回答他,实在是太冷,我的嘴唇都有点僵硬。行了,开走吧,看在你们孤儿寡母的分上,车钱三个月以后交。母亲跳下车,她的腿软了两下,差点摔倒,老兰伸出一只胳膊架了她一下,同时说:小心,大妹子!母亲满脸通红,好像是想说句感谢话,但张口结舌了半天,终于也没说出什么来。这突如其来的大喜,弄得她几乎丧失了语言能力。我们想买老兰家拖拉机的话儿十几天前就通过村文书高大爷递了过去,但一直没有回音。我是个小孩子我也知道这件事根本就不可能成功,我爹咬掉了人家半块耳朵,破了人家的相,人家怎么可能把车卖给我们?如果是我,我就会说:罗通家的想买我的车?呸,我宁愿把车开到湾子里烂掉,也不会卖给她!但就在我们基本绝望了时,高大爷却来传话,说老兰答应将车按废铁的价格卖给我们,并让我们明天早晨到打谷场上去接车。高大爷说:村长说了,他是村长,理应该帮你们脱贫致富,他老人家要亲手教会你开车。我们娘俩儿激动得一夜没睡着,母亲说一阵老兰的好话,紧接着说一阵父亲的坏话,然后就集中火力痛骂一阵野骡子。通过母亲的痛骂,我才知道老兰与父亲那场生死大战竟然是野骡子引起来的。我忘不了父亲与老兰大战的那个早晨,也是早晨,但季节是初夏。

  初夏的早晨人们很疲倦,因为夜实在是太短了,似乎刚一闭眼天就亮了。我和父亲逃到尘土飞扬的大街上,还听到母亲在院子里大声吼叫。那时候我们还住着从爷爷手里继承下来的那三间低矮破旧的草屋,日子过得既乱七八糟又热热闹闹。那三间草屋在村子里新盖起来的红瓦房群落里寒酸透顶,就像一个小叫花子跪在一群披绸挂缎的地主老财面前乞讨。院子的围墙只有半人高,墙头上生长着野草,这样的围墙别说挡不住强盗,连怀孕的母狗都挡不住。郭六家的那条母狗就经常跳到我家院子里叼我们的肉骨头。我经常入迷地看着那条母狗轻捷地跳进跳出,它的黑色的奶头擦着墙头,落地后还晃晃荡荡。父亲走在大街上,我骑在父亲的肩头上,高高在上地看着母亲在院子里一边怒骂一边用菜刀剁着一堆育秧拔苗后的地瓜母本,这是她从火车站前垃圾堆上捡回来的。因为父亲的好吃懒做,我们家的日子过得像抽风一样,富起来满锅肥肉,穷起来锅底朝天。父亲被母亲骂急了就说:快了,快了,第二次土改就要开始了，到时候你就会感谢我了。但二次土改总是迟迟不来，害得母亲不得不捡人家扔了的烂地瓜回来喂小猪。我家那两只小猪因为吃不饱，饿得吱吱乱叫，听着就让人心烦。父亲曾经愤怒地说：叫叫，叫他妈的什么叫，再叫就煮了吃了你们这些杂种。母亲攥着菜刀，目光炯炯地看着父亲，说：你敢，这两头小猪是我养的，谁敢动它们一根毛儿我就跟谁拼个鱼死网破！父亲嘻嘻地笑着说：看把你吓得那个样子，这两头瘦猪，除了骨头就是皮，白给我吃我也不吃！我仔细地打量过那两头小猪，它们身上可吃的肉实在是有限，但它们那四只呼呼嗒嗒的大耳朵还能拌出两盘子好菜。猪头上最好吃的东西，我认为就是耳朵，那东西不肥不腻，里边全是白色的小脆骨，嚼起来咯咯嘣嘣，很有咬头，如果用新鲜的顶花戴刺儿的小黄瓜加上蒜泥和香油一拌，味道就会更加美好。我说：爹爹，我们可以吃它们的耳朵！母亲愤怒地瞪着我，说：看我先把你这个小杂种的耳朵割下来吃了！她提着菜刀真的冲了上来，吓得我扑到父亲怀里躲藏。她拧住了我的耳朵就往外拖，父亲扳住我的脖子往后拽，我被撕裂的危险和痛苦折磨得尖声号叫，与村子里的杀猪声混合在一起，几乎没有什么区别。到底还是父亲劲大，把我从母亲手里挣了出来。他低头观看了我的裂了纹的耳朵，抬起头来说：你的心真狠！人家说虎毒不食亲儿，我看你比虎还要毒！母亲气得面如黄蜡，嘴唇青紫，站在灶前浑身颤抖。我在父亲的护卫之下，胆子壮了起来，便提着母亲的名字大声叫骂：杨玉珍，我这辈子就毁在你这个臭娘们手里！母亲被我骂愣了，目不转睛地盯着我看。父亲嘿嘿地干笑几声，把我拎起来就往外跑，我们跑到院子里，才听到母亲发出了尖利的长嚎。小畜生，你把我气死了哇……那两头小猪扭动着细长的尾巴，闷着头在墙角上拱土，仿佛两个试图打洞越狱的囚徒。父亲在我的脑袋上拍了一巴掌，低声问我：你这小子，怎么知道她的名字？我仰起脸望着他严肃的黑脸，说：我是听你说的呀！——我什么时候对你说过她叫杨玉珍？——你对野骡子大姑说过，你说，"我这辈子就毁在杨玉珍这个臭娘们手里！"——父亲用他的大手捂住了我的嘴，压低了嗓门对我说：小子，你给我闭嘴，爹对你不薄，你可别害我！——父亲的手肥厚松软，散发着一股辛辣的烟味儿。这样的男人手在农村比较少见，原因就在于他半辈子游手好闲，几乎没参加沉重的体力劳动。他松开手后，我粗重地喘息着，对他的暧昧态度很不满意。这时，母亲提着菜刀从屋子里蹿了出来。她好像故意把头发搓乱了似的，脑袋不像脑袋，像村子中央那棵大杨树上的喜鹊窝。她大叫着：罗通，罗小通，你们这两个混蛋王八羔子，老娘今日不活了，跟你们拼了，这日子反正是没法子往下过了，咱们一起完蛋吧！——母亲脸上可怕的表情向我们宣告，她满腔怒火，绝不是虚张声势，看样子她是豁出来要跟我们同归于尽了。一女拼命，十男莫敌。这种情况下迎头上去，基本上是送死，这时候最明智的莫过于逃跑。我父亲生活浪荡，但智商很高，好汉不吃眼前亏，他一把将我抄起来夹在胳膊弯子里，转身就往墙根跑去。他没往大门前跑是完全正确的，因为尽管我家没有任何值钱的东西，但我母亲还是恪守着她从娘家带来的恶习，每天晚上都用一把大铜锁把门锁起来。如果说我们家还有什么财物能换来一只猪头，也只有这把铜锁了。我猜想被肉馋急了时，父亲肯定没少打这把铜锁的主意，但母亲爱护这把锁就像爱护她的耳朵一样，因为这锁是我姥爷送给她的嫁妆，是个象征性的礼物，其中包含着姥爷一大片良苦用心。父亲如果夹着我跑到门口，即便破门而出，也势必浪费很多时间，而在这段时间里，母亲的菜刀很可能让我们父子头破血流。父亲夹着我跑到墙边，一个鹞子翻身便翻过了墙头，将暴怒的母亲和一大堆烦心事儿通通地抛在了脑后。我丝毫也不怀疑母亲同样具有翻越土墙的能力，但她并没有这样做，她把我们轰出院子后就停止了追赶，站在墙边蹦跳了一阵就回到了房门前，一边剁着那些烂地瓜，一边骂人。这是一种绝妙的发泄方法，既不产生不可收拾的流血性后果，当然也就不必承担法律责任，但同时又体会到了刀砍斧剁心中仇敌的快感。当时我猜想她把那些烂地瓜当成了我们的脑袋，现在回想起来，她更多的是把那些烂地瓜当成了野骡子的脑袋，她心中真正的仇敌不是我也不是父亲，而是那个野骡子。她认为是野骡子勾引了我的父亲，这是否是个冤案我也说不清楚，在父亲与野骡子的关系上，究竟谁占主动、是谁先向对方送去了秋波，只有他们俩能说清。

我的父亲是个聪明的人，他的智慧绝对在老兰之上，他没学过物理但他知道阴电阳电，他没学过生理但他知道精子卵子，他没学过化学但他知道福尔马林液能杀菌防腐固定蛋白质并由此猜想到老兰往肉里注了福尔马林液。他如果想发财肯定能成为村子里的首富，对此我深信不疑。他是人中之龙，而人中之龙是不屑积攒家产的。人们见过松鼠、耗子之类的小野兽挖地洞储存粮食，谁见过兽中之王老虎挖地洞储存食物？老虎平时躺在山洞里睡觉，只有饿了才出来猎食，我父亲平时吃喝玩乐，只有饿了才出来赚钱。父亲不会像老兰他们那样白刀子进来红刀子出来地去赚流血的钱，父亲也不会像村子里那些莽汉子到火车站上去当装卸工赚流汗的钱。父亲用他的智慧赚钱。古代有个善于解牛的庖丁，如今有个善于估牛的我父。牛在庖丁眼里只是骨头与肉之类的堆积，牛在我父眼里同样是骨头与肉之类的堆积。我父高于庖丁的是：庖丁仅仅目光如刀，我父不但目光如刀而且还目光如秤。也就是说，把一头活牛牵到我父面前，我父绕着那牛转两圈，顶多也不超过三圈，偶尔还象征性地将手伸到牛的腋下抓两把，然后就可以响亮地报出这头牛的毛重与出肉率，其准确程度几乎可以与当今英国最大的肉牛屠宰公司里的电子肉牛估评仪相媲美，误差不会超过一公斤。起初人们还以为我父亲是信口开河，但经过几次试验之后，便不得不服气。我父亲的存在，使牛贩子与屠宰户之间的交易消除了盲目和侥幸，实现了基本公平。父亲的权威地位确立之后，便有牛贩子与屠宰户讨好他，希望能在估牛时沾点便宜。但父亲是个有远大目光的人，他绝不会为了眼前的蝇头小利败坏自己的名声，因为败坏了自己的名声就等于砸了自己的饭碗。牛贩子提着烟酒送到我家，我父亲把烟酒扔到街上，然后站在土墙上破口大骂。屠宰户提着一只猪头送到我家,我父亲将猪头扔到大街上,然后站在土墙上破口大骂。牛贩子和屠宰户都说:罗通那人,是个二杆子,但公正无比。父亲刚正不阿的二杆子形象确立之后,人们对他的信任到了无以复加的程度,买卖双方争执不下的时候,就把目光投到他的脸上,说:咱们别争了,听罗通的吧!——好吧,听罗通的,老罗,你说吧!——我父亲神气活现地绕牛两圈,不看卖方也不看买方,双眼望着青天,报出毛重与出肉率后,一口喊出一个价格,便躲到一边抽烟去了。买卖双方伸出手,拍了一个响,好!成交!等交割完毕后,买卖双方都会走到我父面前,各抽出一张十元的票子,答谢他的劳动。有必要说明的是,我父亲进入牛市之前,也存在着一种老式的经纪人,他们多数都是些黑瘦的糟老头子,有的脑后还翘着一条小辫子,他们发明了袖筒里摸价钱的方法,给这一行当蒙上了一层神秘色彩。我父亲的出现,消除了交易的模糊性,也消除了交易过程中的黑暗现象,那些贼眉鼠目的经纪人被我父亲赶下了历史舞台。这是牲畜交易史上的巨大进步,大一点也可以说成是一场革命。我父亲的眼力不仅仅表现在估牛上,估猪估羊也同样在行,这就像一个技艺高超的木匠,不但能做桌子,同样能做凳子一样。好木匠还能做棺材,我父亲估骆驼也不会有问题。

父亲扛着我来到了初夏的打谷场上,我们村成为屠宰专业村后,土地基本上荒芜;面对着屠宰行当中因为注水等等违法行为带来的暴利,只有傻瓜才去种地。土地荒芜之后,打谷场就成了肉牛的交易场。乡政府里那些干部曾经试图在乡政府前建一个牲畜交易市场,借以收取管理费,但人们根本就不听他们那一套。乡干部带领联防队员来强行取缔我们村的肉牛交易场,与手持屠刀的屠户们发生了争执,最后动了武,差点出了人命,四个屠户被拘留。屠户妻子们自发地组成了一支上访队伍,有的披着牛皮,有的披着猪皮,还有的披着羊皮,到县政府门前去静坐示威,并且扬出狂言,说如果问题得不到解决,她们就要上省里,省里解决不了,就打火车票进京。如果这样一群披着兽皮的女人出现在长安大道上,后果肯定不可想象,谁也不能把这群滚刀肉般的女人们怎么样,但县长的乌纱帽十有八九要被摘掉。最终的结果是女人们得到了胜利,屠户们被无罪放出,乡干部的发财梦破灭,我们村的打谷场上照样六畜兴旺,据说乡长还被县长痛骂了一顿。

早有七八个牛贩子蹲在打谷场边抽着烟等待屠户,牛们站在一边,不紧不慢地反刍着,不知死之将至。牛贩子大多是西县人,讲起话来撇腔拿调,好像一群小品演员。他们大约每隔十天左右来一次,每人每次牵来两头牛,最多不超过三头。他们一般都是乘坐那列特慢的客货混编列车来,人和牛一个车厢,下车时约在傍晚,到达我们村子时正是半夜。那个小火车站距我们村不过十几里路,即便是悠闲散步,这点路也用不了两个小时,可这些牛贩子从火车站走到我们村却要用八个小时。他们拉着那些让摇摇晃晃的列车弄得头晕眼花的牛,从车站的出站口硬挤出来。身穿蓝制服、头戴大檐帽的检票员仔细地查看着他们和牛的车票,查验无误后才将他们放行。他们的牛挤出铁栏杆时,最喜欢蹽一泡稀屎,喷溅到检票员的大腿上,仿佛是戏弄她们,好像是嘲笑她们,可能是报复她们。如果是春天,跟他们同时下车同时出站的还有一些赊小鸡赊小鸭的西县人,他们用一根宽而且长、光滑无比、弹性良好的大扁担挑着用苇子和竹片编制成的鸡笼或是鸭笼,仄着身体走出车站,然后快步如飞地将牛贩子们抛到身后。他们头戴着宽边大草帽,肩披着蓝色的大披布,步伐轻快,仪态潇洒,与那些衣冠不整、浑身牛粪、精神萎蔫的牛贩子形成鲜明对照。牛贩子们光着头,敞着怀,都戴着那种当时非常流行的、镜片上涂了一层水银的贼光眼镜,迎着火红的夕阳，迈着八字步，走一步晃一晃，仿佛刚刚上岸的海员，行走在通往我们村子的乡间土路上。走到那条历史悠久的运粮河边时，他们就将牛牵到河底，让它们喝上一饱。如果天气不是冷得难以忍受，他们总是把自己的牛洗刷一番，让它们毛眼新鲜，神清气爽，好像崭新的嫁娘。洗完了牛他们就洗自己，他们仰躺在河底的细沙上，让清清的流水从肚皮上缓缓流过。如果有年轻女人从河边路过，他们就会像发情的公狗一样汪汪乱叫。他们在水里闹腾够了，爬上岸，让牛在河边吃夜草，他们围坐在一起，喝酒，吃肉，啃干巴火烧。一直吃喝到满天星斗时才牵着牛醉醺醺地往我们村子里磨蹭。牛贩子们为什么非要挨靠到半夜三更进村子，是一个属于他们的秘密。少年时代的我曾经就这个问题问过我的父母和村子里那些白了胡子的老人，他们总是瞪着眼看着我，好像我问他们的问题深奥得无法回答或者简单得不须回答。他们牵着牛走到村头时，全村的狗就像接了统一的命令似的，齐声狂叫。村子里的人不分男女老少，都从睡梦中醒来，知道牛贩子进村了。在我童年的回忆里，牛贩子都是一些神秘莫测的人物，这种神秘感的产生，与他们的夜半进村有着密切的关系。我从来都认为他们的夜半进村富含深意，但大人们总是不以为然。我记得在一些明月朗照之夜,村子里的狗叫成一片后,母亲就裹着被子坐起来,将脸贴在窗户上,望着大街上的情景。那时父亲还没叛逃,但已经开始夜不归宿,离叛逃不远了。我悄悄地挺起身体,目光从母亲身侧穿过窗棂,看到牛贩子们拉着他们的牛,悄无声息地从大街上滑过,刚刚洗刷干净的牛闪闪发光,好像刚刚出土的巨大彩陶。如果没有沸腾的狗叫声,眼睛看到的一切简直就是一个美好的梦境;即便有了沸腾的狗叫声,现在回忆起来,当时看到的情景也像一个美好的梦境了。尽管我们村子里有好几家小饭店,但牛贩子们从不住店,他们直接地将牛牵到打谷场上等待天明,不管是刮风还是下雨,不管是严寒还是酷暑。有几个风雨之夜,小饭店的主人曾经前来拉客,但牛贩子们和他们的牛就像石头雕像一样在风雨中苦熬着,任你满口莲花,他们也不动心。难道就为了省几个住店钱吗?绝对不是,据说这些神秘的家伙卖完牛进城后,一个个花天酒地,将腰包里的钱花得差不多了才买上一张慢车票回去。他们的习惯和派头与我们熟悉的农民大不一样,他们的思想方法与我们熟悉的农民更不一样。我少年时不止一次听村子里那些德高望重的人感叹道:嗨,这是些什么人呢?这些人脑子里想的是什么呢?——是啊,这些家伙脑子里到底想的是什么呢？他们弄来的牛有黄牛有黑牛，有公牛有母牛，有大牛有小牛，有一次还弄来了一头奶子犹如大水罐的白花奶牛，我父亲在估这头奶牛时颇费了一些周折，因为他弄不太明白牛的奶袋子该算肉还是该算下货。

牛贩子见到我父亲，都从短墙边上站了起来。这些家伙大清早地就戴上了贼光镜子，看起来有几分恐怖，但他们的嘴边上挂着笑纹，说明了他们对我父亲相当尊重。父亲把我从脖子上卸下来，蹲在离牛贩子十几尺远的地方，摸出一个瘪瘪的烟盒，剥出一支变形潮湿的烟卷儿。牛贩子们将自己的香烟投过来，十几支香烟落在父亲的面前。父亲将投过来的烟卷儿收拢在一起，整整齐齐地摆放在地上。牛贩子们说：妈了个巴子的老罗，抽吧，几支烟卷儿怎么能收买了你？父亲微笑不答，还是抽自己的劣烟。村子里的屠户们三三两两地走来，他们的身体似乎都洗得干干净净，但我还是闻到了他们身上散发出来的血腥味儿，可见即便是牛血猪血，也是洗不干净的。牛们也嗅到了屠户身上的气味，它们挤在了一起，眼睛里闪烁着恐惧的光芒。几头年轻的牛屁眼里往外蹿屎，几头老牛看样子还很镇静，但我知道它们是强做出的镇静，因为我看到了它们的尾巴紧紧地缩了进去,极力控制着不拉稀,但它们大腿上的肌肉在颤抖,就像微风从平静的水面上吹过去一样。

农民对牛的感情很深,杀牛,尤其是杀老牛曾经被视为伤天害理之举,我们村子里那个女麻风病人,经常在夜深人静的时候,跑到村头上的公墓里大声哭叫,她翻来覆去地重复着一句话:不知道是哪辈子祖宗杀了老牛,让后代儿孙得了报应。牛是会哭的,那头曾经让我父亲困惑的老奶牛被屠宰时,前腿一屈就跪在了屠户面前,两只蓝汪汪的眼睛里流出了大量的泪水。屠户见状,攥着屠刀的手顿时软了,许多关于牛的故事涌上他的心头。屠刀从他的手里滑脱,当啷一声落在了地上。他的双膝一软,竟然与老牛对面相跪。然后那屠户就放声大哭起来。从此那屠户就放下屠刀,立地变成了一个养狗的专业户。人们问他到底为了什么跪在牛前大哭,他说,从老牛的眼睛里,他看到了自己死去的老娘,也许这头牛就是自己的老娘转世。这屠户姓黄名彪,改行成了养狗专业户后,一直养着这头老牛,就像一个孝子奉养自己的老娘亲一样。在野草茂盛的季节,我们经常看到他领着老牛到河边去吃草。黄彪走在前,老牛跟在后,根本不须缰绳牵引。有人听到黄彪对老牛说:娘,走吧,到河边去吃点青草吧。有人听到黄彪对老牛说:

娘,回去吧,天就要黑了,您眼色不好,小心吃了毒草。黄彪是个有眼光的人,他刚开始养狗时,受到很多人的嘲笑。但几年之后,就没有人敢再嘲笑他了。他用本地出产的狗与德国种狼狗杂交,生出了既勇敢又聪明、既能看家护院又能帮助主人通风报信的优良品种。市里那些前来调查黑心肉的干部或是记者什么的,离村子三里狗就嗅到了他们的气味,然后就狂吠不止。屠户们得到警报,立即坚壁清野,洒扫庭除,让那些干部、记者之类的,拿不到任何证据。曾经有两个晚报记者化装成不法肉商潜入村子,妄图揭开我们这个大名鼎鼎的黑肉庄的黑盖子,尽管他们在自己的衣服上抹了猪油洒了牛血,欺骗了屠户们的眼睛,但终究瞒不过狗们的鼻子,几十条黄彪培育出来的杂种狗追着这两个记者的屁股从村子西头咬到村子东头,终于咬破他们的裤子,使他们的记者证从裤裆里掉了出来。我们村子的黑心缺德肉之所以能够源源不断地生产,但是从来没让有关部门抓住把柄,除了有关部门的腐败之外,黄彪实在立下了大功劳。他还培育出一种菜狗,这种狗都是傻大个子,智商很低,见了主人摇尾巴,见了入户盗窃的小偷也是摇尾巴。这种狗因为头脑简单,心地善良,所以就能吃能睡,长膘特快。这样的肥狗供不应求,刚刚生下来的小狗就有人上门来定购。距我们村子十八里有一个朝鲜族同胞聚居的花屯，他们天下第一等地喜食狗肉，喜食必然善做，他们把狗肉餐馆开到了县城、市城甚至省城。花屯狗肉大大有名，而花屯狗肉的有名，很大程度上得力于黄彪提供的优质原料。黄彪的狗肉煮出来除了具有狗肉的香气外，还有小牛肉的香气，其原因在于，黄彪为了加快母狗的繁殖速度，小狗生出十几天就强行断奶，然后用牛奶喂养。牛奶当然来自那头老奶牛。村子里那些坏人看到黄彪发了狗财心怀嫉妒，便恶语攻击：黄彪黄彪，你把老牛当娘养，好像是个大孝子，其实你是个虚伪的家伙，如果老牛是你的娘，你就不应该挤你娘的奶水喂小狗，你用你娘的奶水喂小狗，你娘岂不是变成狗娘了吗？而如果你娘是狗娘，你不就成了狗娘养的了吗？而如果你是个狗娘养的，你不也成了一条狗了吗？——坏人们的车轱辘话把黄彪问得直翻白眼，他想不明白索性就不想，抄起生了锈的杀牛刀，对准那些坏人刺去，坏人们见事不好，拿腿就跑，但黄彪新娶的朝鲜族媳妇早已把那些狗放开，智商不高的菜狗们在智商很高的种狗们的率领下，一窝蜂般地去追赶那些坏人，在曲曲折折的街巷里，很快就传来了坏人们的尖叫和狗们的狂叫。黄彪美丽如花的朝鲜族小媳妇哈哈大笑，黄彪则搔着脖子傻笑。黄彪的媳妇皮肤雪白，黄彪皮肤漆黑，二人站在一起，黑的显得更黑，白的显得更白。黄彪没和朝鲜族小媳妇结婚之前，经常在半夜三更时分到野骡子的后窗户外唱歌，野骡子就说：兄弟，回去吧，我已经有人了，但是，我一定帮你找个好媳妇。朝鲜族小媳妇就是野骡子帮他找的。

屠户们进场之后，交易就开始了，他们围着牛转来转去，一时好像拿不定主意该买哪头，但只要有一个伸手抓住了某头牛的缰绳，所有的屠户就会在三秒钟内抓住牛的缰绳，闪电般地，所有的牛就统统找到了买主。几乎不会发生两个屠户抢买一头牛的情景，如果有这种情况，他们也会用飞快的速度解决。在一般的情况下，同行是冤家，但我们村的屠户在老兰的组织领导下，变成了一个团结友爱、共同对敌的战斗集体。老兰通过向屠户们传授注水法建立了自己的威信，暴利和非法把这些人聚合到了一起。当屠户们抓住了牛缰绳之后，牛贩子们才懒洋洋地靠拢过来，然后，牛贩子和屠户一对一地谈质论价，争论不休。自从我父亲的权威确立之后，他们之间的争论就变得无足轻重，渐渐地流为形式和习惯，最终一锤定音的，靠此时还蹲在墙根抽烟的我父亲。争论一阵后，屠户和牛贩子就成双成对的，拉着牛，走到我父亲面前，宛如去乡公所登记婚姻的男女。但那天的情况有点特殊，屠户们进场之后，没有像往常那样走进牛群，而是在场边逛来逛去，他们的脸上挂着一种心领神会的微笑，让人看了后感到很不舒服。尤其是当他们从我父亲面前经过时，那种皮笑肉不笑的微笑后边隐藏着的东西更让人产生不祥的预感，似乎有一个巨大的阴谋正在酝酿之中，只要时机成熟就会爆发。我胆怯地偷看着父亲的脸，他还是像往常那样，麻木不仁地抽着劣质烟卷，牛贩子们扔过来的好烟整齐地摆在他的面前，他一根也不动。往常里这些烟他也一根不动，等到交易结束那些屠户就会把地上的烟捡起来抽掉。往常里屠户们抽着从地上捡起来的烟，夸奖着我父亲的廉洁公正。有人半开玩笑地说：老罗老罗，如果全中国的人都像你这样，共产主义早就实现好几十年了。我父亲笑着不说话，每当这时刻我的心里就骄傲得厉害，并且经常暗下决心：做事要做这样的事，做人要做这样的人。牛贩子们也发现了那天的反常气氛，他们把目光往我们父子这边投过来，也有的冷静地观察着转来转去的屠户们。大家都在心照不宣地等待着什么似的，就像一群耐心的观众，等待着好戏的开场。

　　红红的太阳像一个红脸膛的铁匠从东边的麦田里升

起来后,主角终于进了场。他就是我们村子里的村长老兰,一个身材高大、肌肉发达的汉子,那时候他还没有发胖,肚子还没凸出来,腮上的肉还没耷拉下来。老兰生着一部土黄色的络腮胡须,眼珠子也是黄色的,看样子不像个纯粹的汉人。他大踏步地走进场子,人们的目光全都投到了他的身上。他的脸皮被阳光照耀,显得格外光彩。老兰走到我父亲面前站住,但他的目光却越过低矮的土墙看着墙外的原野,那里太阳正在往高里爬升,大地一片辉煌,麦苗子碧绿,野花开放,发出清香,云雀在玫瑰色的天空中歌唱。老兰根本就没把我父亲看在眼里,好像土墙边上根本就没有我父亲这个人。他连我父亲都不放在眼里,当然更不会把我放在眼里,也许是阳光照花了他的眼睛?这是我当时的天真想法,但很快我就明白了,老兰是在挑衅。他一边歪着头向那些屠户和牛贩子说着话,一边就拉开了制服裤子的拉链,大大咧咧地掏出了那个黑不溜秋的家伙。一股焦黄的液体在我们父子眼前嗞嗞啦啦地落下来,我的鼻子马上就嗅到了热烘烘的臊气。他这泡狗尿可真够长,伸展开来最少十五米,这泡尿他最少憋了一夜,他早有预谋地憋了一泡长尿来羞辱我的父亲。父亲眼前那十几根烟卷儿在尿液中翻滚着,很快就膨胀得不像样子。老兰掏出家伙那一瞬间，屠户们和牛贩子们发出了一阵古怪的笑声，但他们的笑声突然就停止了，就像他们的脖子都被无形的大手捏住了。他们张口结舌地看着我们，脸上都凝固着惊愕的表情。连那些早就知道老兰要跟我父亲叫板的屠户们也想不到他会采用这种极端的方式。老兰的尿液喷溅到我们的脚上和腿上，甚至还有一些喷溅到我们脸上和嘴里。我愤怒地跳了起来，父亲却一动不动，像一块僵硬的石头。我破口大骂：老兰，操你的亲娘！我父亲一声不吭。老兰脸上挂着微笑，依然是一副目中无人的样子。父亲双目眯缝着，好像一个悠闲的农夫在欣赏着房檐上的流水。老兰撒完了尿，拉上拉链，然后转身向牛群走去。我听到那些屠户和牛贩子们都长出了一口气，不知道他们的长出气是表示遗憾呢还是表示欣慰。然后屠户们就进了牛群，很快就各人选定了要买的牛。牛贩子们也走了上去，与他们的买主们争吵着。我发现他们的争吵心不在焉，我知道他们的心思根本就不在交易上，他们虽然没正眼看我父亲，但我知道他们每个人心里想着的都是我的父亲。我父亲在干什么呢？他并拢起双膝，将脸放在膝盖上，好像一只蹲在树杈上打盹的老鹰。我看不到他的脸，当然也就无法知道他脸上的表情。我对他的软弱非常不满，那时我只不过是个五岁的孩子,也知道老兰非常严重地侮辱了我父亲,任何一个有点血性的男人面对这样巨大的侮辱都不会忍气吞声,连我这个五岁的孩子都敢破口大骂,但我父亲一声不吭,宛如一块死石头。那天的交易没听我父亲的一锤定音就完成了。但交易完成之后,卖买双方还是按照老习惯走到我父亲面前,将一些钞票扔给他。第一个到我父亲面前扔钞票的竟然是老兰。这个狗杂种,好像他对着我父亲的脸撒尿还没出够气似的,竟然将两张崭新的十元钞票用手指弹得嘣嘣地响着,似乎要引起我父亲的注意,但我父亲还是保持着方才的姿势,隐藏着自己的脸。老兰表现出一副更加失望的样子,目光往四周巡睃一圈,然后就把那两张钞票扔在了我父亲面前。其中一张钞票恰好落在他那泡尚未蒸发完毕的狗尿里,与那些胀破了的烟卷儿混在了一起。此时,在我的心目中,父亲已经死了,他把我们老罗家十八辈子祖宗的脸都丢尽了,他根本算不上一个人了,他勉强还可以算一根被老兰的狗尿泡胀了的烟卷儿。老兰扔下钱后,牛贩子和屠户们也都过来扔钱,他们的脸上充满了悲悯的表情,好像我们是一对特别值得同情的乞丐。他们扔给我父亲的钱都比平日里多了一倍,说不清是对我父亲不反抗的奖赏呢还是跟着老兰学样子冒充慷慨大度。看着那些宛如枯叶般降落到我们面前的钞票,我大声哭泣起来。父亲终于把他那颗硕大的头颅从膝盖上抬起来,他的脸上没有愤怒也没有悲伤,仿佛一块干枯的木板。他冷冷地看着我,眼睛里渐渐地裸露出一些困惑的神色,好像他弄不明白我为什么要哭泣似的。我用爪子抓着他的脖子,说:爹,我再也不愿意叫你爹了,我宁愿叫老兰爹也不愿叫你爹了!我的声音很大,众人愣了片刻,然后便哈哈大笑。老兰对着我跷起了大拇指,说:小通,好样的,我收你这个儿子,从今之后,你可以到我家来吃来住,想吃猪肉咱就煮猪肉,想吃牛肉咱就煮牛肉。如果你能把你的娘带来,我更是举双手欢迎!我的耻辱到了无以复加的程度,对着老兰的大腿撞过去。老兰轻松地一闪身就躲过了我的撞击,我跌扑在地,嘴唇磕破,流出了黑血。老兰大笑着说:小子,刚刚认了爹就撞我,这样的儿子谁敢要?没人拉我,我只好自己爬起来。我回到父亲身边,用脚踢着他的腿,发泄着对他的不满。父亲根本不生气,也根本不觉悟,他用那两只巨大的软弱的手,搓了搓自己的脸。然后伸伸胳膊,打了一个哈欠。这是一个标准的慵懒无比的老公猫的动作。接下来,他低下头,慢吞吞地、认真地、仔细地、一张张地,把那些叠合在老兰的狗尿窝子里的钞票捡起来。他捡起一张就举起来对着阳光看看，好像在辨认真伪。最后，他还把那张老兰扔下的让尿泥污染了的崭新钞票放在自己裤子上认真地擦拭干净。他把钱放在膝盖上碰撞整齐，夹在左手的中指和无名指缝里，往右手的拇指与中指肚上啐了一些唾沫，然后就一张张地捻着数起来。我扑上去夺他手里的钱，我想把那些钱夺出来撕得粉碎，然后扬到空气里，当然最好是扬到老兰的脸上，发散一下蒙在我们父子头上的耻辱。但父亲机警地跳起来，将夹着钱的左手高高举起，嘴巴里连声喊着：傻儿子，你这是干什么？钱是没有错误的，错误都是人犯下的，你对着钱发脾气是不应该的。我左手拽住他的胳膊弯子，右手高举起，身体往上蹿跳着，试图从他的手里把那些耻辱的钞票夺出来，但我的企图在高大的父亲腋下根本不可能实现。我恼怒万分，用脑袋一下下地顶撞着他的腰。父亲拍着我的脑袋，用友好的口吻哄着我：好了好了，儿子，不要闹了，你看看那边，你看看老兰那头牛，它已经发怒了。

那是一头肥滚滚的鲁西大黄牛，生着两根平直的角，身上的皮毛像缎子似的，发达的肌肉在皮下滚动着，好像后来我从电视上看到过的那些健美运动员。它身体金黄，却生着一个怪异的白脸，这样的白脸大牛我还是第一次见到。那是头阉过的公牛,白脸上生着两只红边的眼睛,斜着眼睛看人,脸上的表情让人感到恐怖。现在回忆起来,我想那种表情恰似传说中的太监的表情。人被阉了,性情要变,牛被阉了,性情也要变。父亲的提示让我暂时地忘了钱的事情,我转回头去看那头牛,老兰在头前牵着它,得意洋洋地往前走。他应该得意,他沉重地侮辱了我们,但是没遭到任何的反抗,这对于提高他在村子里的威信、对于提高他在牛贩子中的威信都大大地有好处。唯一一个不把他放在眼里的人被他征服了,从此之后在村子里更没有人敢跟他叫板了。但是紧接着就发生了惊人的事情,多少年后想起这件事我还是疑神疑鬼。那头懒洋洋的鲁西大黄牛突然停止了前进,老兰转回头用力拉着缰绳,试图强拉它前进。它稳稳地站住,似乎一点劲儿也没使,就把老兰使出的蛮劲儿化解了。老兰杀牛出身,他身上的气味就足以让一头胆小的牛觳觫不止,无论多么倔强的牛,在他的面前也只能乖乖地等死。他拉不动它,就转到牛侧,抬起巴掌,在牛腚上猛拍了一掌,同时嘴里发出一声断喝。在他的这一拍一喝之下,一般的牛连屎都要吓出来的,但这头鲁西大黄牛根本就不尿他那一壶。老兰刚在我父亲那里得了大胜利,正是一个骄兵,便不顾牛性,对着牛肚子踢了一脚。鲁西大黄牛把屁股扭了扭,哞地吼了一声,然后就低下头,往前拱了一下子,它似乎还是没用多大的劲头儿,但是老兰的身体就如一张没有多少重量的草席一样,在空中舒展开来。在场的牛贩子和屠户们被这突然的变故给惊呆了,都张着嘴,说不出话,更没有人冲上前去营救老兰。大黄牛低着头继续向前冲,老兰毕竟不是凡人,在危急的关头,他就地打了一个滚,躲开了黄牛要命的一顶。黄牛眼睛红了,又一次发起进攻,老兰靠着他的就地翻滚的好功夫一次次地死里逃生,终于抓住一个机会站了起来。看样子他受了伤,但伤得不太重。他与牛对面相持,歪着腰瞪着眼,连眼珠子都不敢错。牛低着头,嘴巴里吐着白沫子,呼呼哧哧地喘着粗气,随时都准备发动新的进攻。老兰举起一只手,看样子是想分散牛的注意力,他那副外强中干的样子,很像一个吓破了胆但还死要面子的斗牛士。他往前蹀躞了一步,牛岿然不动,只是把巨大的头垂得更低了些,它的新一轮进攻随时都会展开。老兰终于放下了英雄好汉的架子,虚张声势地喊叫了一声,转身就跑。大牛撒开四蹄,穷追不舍,牛尾巴舒直,活像一根铁棍子。它的蹄子把地上的泥巴抓起来扬出去,好像弹片横飞。老兰狼狈逃窜,他下意识地朝着人多的地方跑去，希望能得到人们的保护，但在那种时刻，谁还顾得了他？都怪叫着逃命不迭，只恨爹娘少生了两条腿。幸亏大黄牛通人性，死追着老兰不放，不移怒他人。牛贩子和屠户们跑得满场散沙，有的跳墙有的上树。老兰被吓傻了，竟然对着我们父子跑了过来。我父亲情急之下，一手抓住我的脖子，一手托住我的屁股，一下子就把我扔到了墙头上。就在这一瞬间，老兰这家伙，躲到了我父亲的身后。我父亲想闪开他，但他在后边紧紧地揪住我父亲的衣服，拿我父亲当了他的盾牌。我父亲往后退缩着，老兰自然也随着往后退缩，终于退到了墙根上。父亲把手里的钞票放在牛的眼前摇晃着，嘴里唠叨着：牛啊，牛，咱们近日无仇，远日无怨，有什么事儿咱们好说好商量……说时迟那时快，父亲将手中的钞票对准牛眼扬过去，几乎就在同时，他猛地扑到了牛头上，将他的手指插进了牛鼻子，抓住了牛的鼻环，将牛头高高地拽起来。这些由西县牛贩子弄来的牛，几乎都是耕牛，而耕牛都是扎了鼻环的，牛鼻子是牛身上最脆弱的地方，我父亲虽然不是个好农民，但他对牛的了解比最优秀的农民还要出色。我骑在墙头上，热泪夺眶而出，父亲，我为你感到骄傲，你在危急关头，大智大勇，洗刷了耻辱，挣回了面子。屠户们和牛贩子们蜂拥而上，帮助我父亲，将白脸的大黄牛按倒在地上。为了防止它起来伤人，一个屠户用兔子般的速度跑回家，拿来一把锋利的屠刀，就在打谷场上，结果了它的生命。屠户用力过度，把它的心脏几乎戳成了两半，他拔刀出来时，一股热血从刀口里火辣辣地蹿出来，把我父亲染成了一个血人。

牛死了，众人从牛身上慢慢地站了起来。红黑的牛血还像泉水似的从刀口里汩汩地往外冒着，血里夹杂着泡沫，一股热烘烘的腥气弥漫在清晨的空气里。众人都像撒了气的皮球，身体变得瘪塌塌的。大家都有满肚子的话要说，但没有一人开口。我父亲缩着脖子，龇出一嘴结实的黄牙，说：老天爷爷，吓死我了！众人的眼睛转移到老兰脸上，让老兰无地自容。为了掩饰窘态，他低头看牛。牛的四条腿抻直了，大腿内侧的嫩肉颤抖不止，一只蓝色的牛眼大睁着，好像余恨未消。他踢了死牛一脚，说：妈的，打了一辈子雁，差点让雁雏啄了眼睛！说完了这话他抬起头看着我父亲，说：姓罗的，今日我欠了你一个情，但咱们的事还没完。我父亲说：咱们之间有什么事？咱们之间根本就没事。老兰气哄哄地说：你不要动她！我父亲说：不是我要动她，是她让我动她。我父亲得意地笑着说：她说你是一条狗，她不会再让你动她了。当时,他们的话我听得糊糊涂涂,后来我当然知道了他们说的那个她就是开小酒店的野骡子。当时我就问:爹,你们说什么呀?动什么呀?我爹说:小孩子不要问大人的事情!老兰却说:儿子,你不是要跟我姓兰吗?怎么还叫他爹?我说:你是一泡臭狗屎!老兰说:儿子,回家对你娘说去,就说你爹钻进了野骡子的×!我父亲顿时变得像那头暴怒的公牛一样,低着头朝老兰扑去。他们的接触非常短暂,人们很快就把他们分开,然而就在这短暂的接触中,老兰折断了我父亲的一根手指,我父亲咬掉了老兰半个耳朵。我父亲吐出老兰的耳朵,恨恨地说:狗东西,你竟敢对我儿子说这样的话!

母亲吩咐我把手扶拖拉机的车厢后挡板关好,她自己去墙角上拖过来两筐牛羊骨头。她一手抓住筐沿一手把住筐底,一挺腰杆,就把筐里的骨头倒入车厢。尽是些大骨头,噼里咔啦地响。这些骨头是我们收来的废品,不是我们吃肉啃出来的。如果我们能吃出这样多的肉骨头——哪怕只有百分之一——那我就一点牢骚也没有了,那我就根本不去怀念我的父亲了,那我就会立场坚定地站在母亲的阵线上,与她一起声讨父亲和野骡子的滔天罪行。有好几次我曾经想从几根看起来还新鲜的牛腿骨里砸出点骨髓解解馋，但结果都是失望，卖骨头的人早就把骨髓吸干净了。装完了肉骨头，母亲让我帮她往车厢里装废铁，说是废铁，其实都是些完好无缺的机器零件，有柴油机上的飞轮、建筑脚手架上的接头、城市下水道的井盖子，般般样样，应有尽有。有一次我们还收到了一门日本造的迫击炮，是一个八十多岁的老头子和一个七十多岁的老太太用骡子驮来的。起初我们没有经验，既然是当废铁收来的，就当废铁卖掉，我们赚的就是那一分一厘的差价。但我们很快就学精了，我们把收到的机器零件分门别类，进城去卖给各种各样的公司，建筑零件卖给建筑公司，井盖子卖给下水道公司，机器零件卖给五金交电公司。那门迫击炮找不到合适的公司卖，暂时放在家里珍藏着。即便找到合适的公司我也坚决不同意卖掉。我像所有的男孩子一样，黩武好战，对武器爱得痴迷。父亲的私奔，使我在同龄男孩面前抬不起头来，但自从有了这门迫击炮，我就挺起了腰杆子，比有爹的孩子还神气。我曾经听到两个在村子里一贯地横行霸道的男孩子悄悄地议论，说今后可不敢随便欺负罗小通了，他家买了一门迫击炮，日本造的，谁要得罪了他，他就会架起炮瞄准谁的家，轰的一声，就把谁的家炸平了。听了他们的悄悄话,我得意洋洋,心花怒放。我们把不是废铁的废铁卖给各种专门公司,价钱尽管比同类产品低得多,但比真正的废铁价格高多了,这也是我们能在五年内盖起大瓦房的重要原因。装完废铁,母亲从厢房里拖出了一堆废纸盒子,拆开展在地上,然后她就让我从压水井里往外压水。这是我经常的工作,我知道早晨的生铁井把子温度特低,能把人手上的皮粘去。我戴了一副僵硬的劳保猪皮手套保护自己的手。这副手套也是我们当破烂收来的。我们家的大部分东西,从炕上的海绵枕芯到锅里的铲子,都是收来的破烂。有的破烂其实是根本没用过的,我头上戴着的羊剪绒棉帽子就是从来没戴过的,而且还是正儿八经的军用品,散发着一股子刺鼻的樟脑味儿,帽里一个红方框标着出厂的时间:1968年11月。那时候我爹还是个尿炕的男孩子,我娘还是个尿炕的女孩子,没有我。我戴着大手套,手很笨,天气严寒,压水井里的皮垫子冻住了,边缘漏气,压着哧哧响,上不来水。母亲生气地喊:

"快点,你磨蹭什么?都说'穷人的孩子早当家',可你十岁了,连桶水都压不出来,养你管什么用?你最大的本事就是吃吃吃,如果你能拿出吃的一半本事来干活,就是个披红戴花的劳动模范……"

在母亲的絮叨声中,我的心里愤愤不平。爹啊,自从你走后,我吃的是猪狗食,穿的是叫花衣,干的是牛马活儿,可她还是不满意。爹呀,你走时就盼望着二次土改,现在我比你还盼望二次土改。父亲逃亡之后,母亲得了一个外号"破烂女王"。我名义上是破烂女王的儿子,实际上是破烂女王的奴隶。母亲的唠叨升级成了怒骂,我的自爱自恋降级成了自暴自弃。我摘掉皮革劳保手套,裸手抓住井把子,嗞啦一声响,手与井把子粘在了一起。生铁井把子,你冷吧,你冻吧,你把我手上的皮肉全都粘了去吧。我破罐子破摔,什么也不在乎,冻死了我,她就没有儿子,如果没有儿子,她的大瓦房和大卡车就丧失了意义。她还做着尽快给我结一门娃娃亲的美梦,对象都有了,就是老兰的黄毛闺女,比我大一岁,小名叫甜瓜,大名还没有,她个子比我高半头,患了严重的鼻炎,长年拖着两道黄鼻涕。母亲妄想攀老兰家的高枝,我恨不得架起迫击炮把老兰家给轰了。母亲,你做梦去吧!我的手握住井把子,皮肤立即粘上了,粘上就粘上吧,反正这手首先是她儿子的手,然后才是我的手。我用力压着井把子,井筒里咕咕地响着,冒着热气的水涌上来,哗哗地流到桶里。我将嘴巴插到桶里，喝了几口水。她吼我，不许我喝凉水，我不理她，偏要喝，最好喝得肚子痛，痛得满地打滚，好像一头刚拉完磨的小毛驴。我提着水到了她身边，她让我去拿水舀子。我拿来水舀子，她让我舀水往纸壳上泼。泼得不能太多，也不能太少。水泼到纸壳上很快就冻成了冰，然后她就往上铺一层新纸壳，我再往上泼水。这样的事我们干了许多次，配合默契，十分熟练。这样的纸壳压秤，我泼到纸壳上的是水，收获的是钞票。村子里的屠户们往肉里注的是水，收获的也是钞票。父亲逃跑后，母亲很快就从痛苦中振作起来，她试图当屠户，带着我到孙长生家学徒。孙长生的老婆与我母亲是远房的姨表姊妹。但白刀子进去红刀子出来的活儿毕竟不适合女人干，母亲有吃苦耐劳精神，但毕竟不是母夜叉孙二娘。我们娘俩杀小猪小羊还马马虎虎，要杀大牛就难点。大牛也欺负我们，对着我们翻白眼，尽管我们手里也提着雪亮的刀。孙长生对我母亲说：他大姨，你干这活儿不合适。市里正在提倡放心肉，卖黑心肉的事迟早要砸锅，咱们这些当杀手的，赚的就是注水钱，一旦不让往肉里注水，就没有什么赚头了。孙长生劝我母亲收破烂，说这活儿基本上是无本的买卖，只有赚没有赔。我母亲经过调查研究，认为孙长生说的有理，于是，我们娘两个就干起了收破烂的活儿。三年之后,我们就成了周围三十里内最有名气的破烂王。

我们把冻成一体的纸壳板子抬到车上,四周用绳子封好,装车到此完毕。今天我们要去的地方是县城。县城隔三岔五的我们就去一次,每去一次就让我伤心一次。县城里好吃的东西太多了,隔着二十里我就嗅到了从那里散发出来的肉香,除了肉香还有鱼香,但鱼肉都与我无缘。我们的口粮母亲早就准备好了:两个冷饽饽,一块咸菜疙瘩。如果破烂卖了个好价钱,弄虚作假蒙混过了关——这些年来收购破烂的土产公司也越来越精了,他们被各地的破烂王给骗怕了——她的心情很好,我就会得到一根油条的奖赏。我们蹲在土产公司大门外的避风处——夏天就蹲在树荫下——嗅着从土产公司前面那条斜街上飘过来的数十种香气,啃着我们的咸菜疙瘩冷饽饽。那条斜街是条肉食街,露天里摆着十几个烧肉的大锅,锅里煮着猪羊牛驴狗头、猪羊牛驴蹄、猪羊牛驴狗肝、猪羊牛驴狗心、猪羊牛驴狗肚、猪羊牛驴狗肠、猪羊牛驴狗肺、猪牛驴尾巴棍儿,案板上摆着热气腾腾的、五彩缤纷的肉,卖肉的握着明晃晃的大刀,有的将那些好东西切成片儿,有的将那些好东西切成段儿,卖肉人的脸都红彤彤的、油嘟噜的,气色好极了。卖肉人的手指有粗有细、有长有短，但都是有福的手指，它们可以随便地抚摸那些肉，它们沾满了油，沾满了香气。我要是能变成一根卖肉人的手指该有多么幸福啊！但是我变不成有福的手指。我在寒风中啃着硬邦邦的冷饽饽，眼泪哗哗地往下流。母亲赏给我一根油条时，我的心情有所好转，但眼泪还是止不住地往下流。母亲曾经问过我：儿子，你到底哭什么？我就说：娘，我想爹了。母亲的脸色顿时就变了，她沉思片刻，凄然一笑，说：儿子，你不是想爹，你是想肉。你那点小心眼子怎么能瞒了我？但是，现在我还不能满足你的要求，人的嘴巴，最容易养贵，一旦养贵，麻烦就大了。古往今来多少英雄好汉，就因为把嘴巴养贵了，丧失了做人的志气，坏了自己的大事。儿子，你不要哭，我保证你这辈子有放开肚皮吃肉的时候，但现在你要忍着，等我们盖起了房子，买上了汽车，给你娶了媳妇，让你那个王八蛋爹看一眼，我就煮一头牛，让你钻到牛肚子里，从里边往外边吃！我说：娘啊，我不要大房子，也不要大汽车，更不要什么媳妇，我只想现在就放开肚皮吃一次肉。母亲严肃地对我说：儿子，你以为我就不馋？我也是个人，我恨不得一口吞下一头猪！但是人活着就是要争一口气，我就是要让你爹看看，没有他，比有他时，我们过得更好！我说：好个屁，一点也不好！我宁愿跟我爹去逃荒要饭，也不愿意跟着你过这样的好日子。我的话让母亲伤心极了，她哭着说：我省吃俭用，积恶为仇，为了什么？还不是为了你个小杂种？！然后她又骂我父亲：罗通啊罗通，你这个黑驴鸡巴日出来的东西，我这辈子就毁在你的手里了……老娘也不过了，老娘要吃香的喝辣的，老娘要是吃好喝好，眼睛也会放出光，一点也不比那个骚货差！母亲的哭诉使我心中激动万分，我说：您说的对极了，娘，您如果放开肚皮吃肉，用不了一个月我敢保证，您就会变成一个仙女，比野骡子漂亮得多，到时候父亲就会扔下野骡子，插上翅膀飞回来找您。母亲眼泪汪汪地问我：小通，你说实话，到底是娘漂亮还是野骡子漂亮？我肯定地说：当然是娘漂亮！母亲问我：既然是我漂亮，那你爹为什么还要去找那个千人戳万人弄的骚骡子？不但去找她，还跟着她跑了？我替父亲辩白道：娘，我听爹说过，不是他去找的野骡子，是野骡子先来找的他。母亲愤愤地说：都一样，母狗不调腔，公狗干哄哄；公狗不起性，母狗也是白调腔！我说：娘，您调来调去的都把我调糊涂了。母亲说：你个小杂种，就会跟我装糊涂，你爹跟野骡子的事你早就知道，可你帮他瞒着我，如果你早告诉我,我就不会让他跑掉。我小心翼翼地问:娘,你用什么办法不让爹跑掉呢?母亲瞪着眼说:我砍断他的狗腿!我吃了一惊,心中暗暗地替父亲庆幸。母亲说:你还没回答我,既然我比她漂亮,为什么你爹还要去找她?我说:野骡子大姑家天天煮肉,我爹闻到肉味就去了。母亲冷笑一声,说:那从今之后我也天天煮肉,你爹闻到肉味还能回来吗?我高兴地说:肯定,我敢担保,只要您天天煮肉,爹很快就会回来,我爹的鼻子灵着呢,逆风嗅八百里,顺风嗅三千里。——我用我能想到的花言巧语,鼓动着母亲,希望她怒火攻心丧失理性,带着我冲到肉食一条街上,掏出那些贴肉藏着的钱,买一堆又香又烂的肉,尽力撮一个饱,即便是活活撑死,也做一个肚子里有肉的富贵鬼。但母亲没有上我的当,她发了一通怨恨,最终还是蹲在墙角啃她的冷饽饽。看到我对她的意见大得无边无沿了,她才很不情愿地,到肉食街旁边的小饭店里,跟人家磨了半天,撒了许多的谎,说我的爹死了,撇下我们孤儿寡母,可怜可怜吧,最终少花了一毛钱,买了一根油条,用一只手紧紧地攥着,仿佛怕它长翅膀飞了,到了偏僻处,递给我,说:给,馋鬼,吃了油条可得好好干活!

垂死的猪的叫声响彻村子,煮肉的香气弥漫了村子。我们的车装好了,马上就该上路了。母亲从车座下抽出摇把子,插到车头前的十字孔里,深吸一口气,弯下腰,叉开腿,费劲地摇起来。起初几圈很是凝滞,渐渐地润滑起来。母亲的身体起伏着,动作富有爆发力,完全是男性的。柴油机的飞轮咪溜溜地转动着,排气管子里发出吭哧吭哧的声音。母亲把第一波力气耗尽,猛地直起腰,大口地喘息着,好像刚从水里把脑袋钻出来。柴油机飞轮转动几圈就停了,第一次发动失败。我知道第一次发动不可能成功。进入腊月之后,发动机器就成了让我们娘俩最头痛的事情了。母亲用祈求的眼色看着我,希望我能帮她摇车。我抓起摇把子,使出吃奶的力气,让柴油机的飞轮转动起来,然后我就撒了手,摇把子反弹回来,把我打倒在地。母亲大惊失色,我躺在地上装死,心里充满快感。如果摇把子把我打死,首先打死的就是她的儿子,然后死的才是我。无肉的生活有什么好留恋的?与捞不到吃肉的痛苦相比,让摇把子抽一下算个什么?母亲把我拉起来,上下检查了一番她儿子的身体,看看完整无缺,就把我揉到一边,用恨铁不成钢的态度说:

"死到一边去吧,你还能干什么?"

"我没有力气!"

"你的力气呢?"

"我爹说过,男人不吃肉,就不会长力气!"

"呸!"

她自己继续摇车,身体上下起伏,脑后的头发飘飘如牛尾。平日里摇个三五次,老掉牙的柴油机就会不情愿地叫起来,吭铿吭铿的,像一匹得了气管炎的老山羊。今天它就是不叫了,它发誓不叫了。今天是入冬来最冷的一天,阴云密布,空气潮湿,小北风像刀子般地割脸,很可能要下雪。这样的天气,柴油机也不愿意出门。母亲脸色通红,大张着口喘粗气,额头上沁出了汗珠子。她用怨恨的眼光看着我,好像柴油机不着火儿是我造成的。我伪装出痛苦欲绝的样子,但心中窃喜。我可不愿在这样的严寒天气里坐在比冰还要凉的手扶拖拉机上,颠簸三个小时,到六十里外的县城里去啃一个冷馒馒和半块苦咸菜,就算她大发善心奖给我一根油条我也不去。奖给我两个酱猪蹄呢?但这种事情是不可能发生的。

母亲失望之极,但还是不死心,寒冷的天气既是屠宰的黄金时间也是卖破烂的黄金时间。天气寒冷,注了水的肉既不会渗漏也不会变质;天气寒冷,废品收购公司的验收员怕冷,检查得马虎,我们加了水的纸壳子就会顺利过关。她解开束腰的电线,脱掉那件土黄色男式夹克,将里边的那件当破烂收来的崭新的化纤毛衣扎到腰带里,显得短小精悍,气度不凡。那件化纤毛衣前胸上印着一串弯弯曲曲的字母,还有一个凌空打飞脚的女子。这件毛衣是件宝物,母亲在暗夜里从头上往下脱它时,它就会噼噼啪啪地放出绿色火星。这些火星子刺激得母亲低声呻吟,问她痛不痛,她说不痛只是麻酥酥的很舒服。现在我学习了很多知识,知道了那是静电在作怪,但当时却认为收来了宝贝。我曾经动过将母亲的毛衣偷出去卖掉换半个猪头吃吃的罪恶念头,但事到临头就犹豫起来,我虽然对母亲意见很大,但也经常想起她的伟大之处,她最让我不满的其实也就是不让我吃肉,但她自己也不吃,如果她自己偷偷地吃肉而不让我吃肉,那别说偷卖她一件毛衣,就是把她卖给一个人贩子,我也不会眨巴眼,但她带着我艰苦创业,连一根油条都舍不得吃,我还有什么话好说?母亲带头,儿子只好跟着受,只盼父亲回来让这苦日子赶快结束。她鼓足干劲,摆好架势,深深地呼吸几次,就屏住气不喘,龇出门牙咬住下唇,将柴油机摇动起来。柴油机的飞轮获得了大约每分钟二百转的速度,这样的速度相当于五匹马力了,这样的速度如果它的燃烧系统还不做功,那这台狗娘养的柴油机就实在是太混蛋了，不是一般的混蛋，而是混蛋透顶。它就是混蛋透顶，母亲耗尽了力气，将摇把子扔在地上。柴油机冷漠无情地微笑着，一声也不吭。我看到母亲脸色焦黄，目光茫然无措，一副心灰意懒、斗志涣散的样子。母亲这样子比较可爱，我最反感最害怕的就是她意气风发、斗志昂扬的样子。那样子的母亲最为吝啬，为了攒钱，恨不得带着我吃土喝风。而眼前这样的母亲，还有可能挥霍一下，擀一轴子杂面条，炒半棵白菜腚，淋几滴菜籽油。在电灯照亮了我们村子十几年后，我们新盖起的大瓦房里竟然没有敷设电路。当年我们住在爷爷留下来的茅草屋里都用电灯照明了，但现在我们恢复到了用菜油灯照明的黑暗时代。母亲说她这样做并不是吝啬，而是用实际行动抗议乡村干部抬高电价搞贪污腐败。当我们守着如豆的油灯吃晚饭时，母亲的脸在昏暗中一定是得意洋洋的。她说：涨吧，涨到每度八千元才好，反正老娘不用你们的王八电！母亲心情好的时候，晚上吃饭连菜油灯也不点。如果我提意见，她就会说：吃饭也不是绣花，不点灯难道你还能吃到鼻子里去吗？她说得很对，不点灯的确也吃不到鼻子里去，不点灯也还是吃到嘴巴里去。碰上这样一个提倡艰苦奋斗、实事求是的娘，我只能逆来顺受，半点脾气也没有了。

母亲因为发动不起来柴油机，沮丧地上了街，大概是找人讨教去了吧？会不会是去找老兰？完全可能，因为这机器是老兰家淘汰下来的，老兰自然熟悉它的脾气。过了一会儿她风风火火地回来了，兴奋地说：

"儿子，点火，点火烧这个狗杂种！"

我问：

"是老兰让你点火烧吗？"

她吃惊地盯着我的眼睛，问：

"你怎么了？你为什么用这样的眼神看着我？"

我说：

"没什么，那就烧吧！"

她从墙角上抱过来一堆废胶皮放在柴油机底下，从屋子里引出了火种点燃。胶皮燃烧，黄火黑烟，散发出刺鼻的臭气。前几年我们收购了大量的废胶皮，需要熔化后铸成方块，废品公司才肯收购。那时候我们还在村子中央居住，我们制造出的臭气引起了左邻右舍的强烈反对，从我家院子里飘出去的带油的黑烟弥漫了整个村庄。起先是东邻的张大奶奶端着一瓢从她家水缸里舀出来的水来给我母亲看，我母亲根本不看，但是我看到了：水瓢里浮动着一些黑色的小蝌蚪状的东西，那就是我家燃烧胶皮时落下来的烟尘。张大奶奶愤怒地对我母亲说：小通他娘，你让我们喝这样的水，心里不愧吗？我们喝了这样的水会生病的！母亲用比她更加愤怒的口吻说：我不愧，半点也不愧，你们这些卖黑心肉的人家，死绝了才好呢！张大奶奶还想说点什么，但看到我母亲那两只因为愤怒变得通红的眼睛，就知难而退了。后来，又有几个男人到我家里来提抗议。我母亲跑到大街上放声大哭，说几个男人联手欺负孤儿寡妇，引得路人驻足观看。老兰家就在我们家后边，他掌握着批宅基地的大权，我父亲在时就在母亲的嘟哝下向他提出过批一块宅基地的请求，他等待着我们进贡，父亲根本就不想盖什么房子，当然也不会进贡。父亲悄悄地对我说：儿子，有肉我们自己吃了多好，为什么要给他吃？父亲走后，母亲也向他提出过要求，并且送给他一包饼干，但母亲刚从他家出来，那包饼干就飞到了大街上。我们烧起来胶皮不到半年，有一天在去县城的路上与他相逢。他骑着一辆草绿色的三轮摩托车，挡风玻璃上涂着公安字样。他戴着一顶白色的头盔，穿着一身黑色的皮衣。车旁的挂斗里，端坐着一匹肥胖的大狼狗。狼狗鼻梁上架着一副墨镜，像个饱学之士；它严肃地看着我们，令我心中发毛。当时我们的拖拉机出了毛病，母亲急得团团转，见车拦车见人拦人，拦住了就请人家帮忙，但没人愿帮我们的忙。我们拦住了摩托车，老兰掀开头盔我们才知道拦住的是他。他下了摩托车，踢了生锈的挡板一脚，轻蔑地说：这破车，早就该换了！母亲说：我计划先把房子盖起来，然后再攒钱换车。老兰点点头，说：行，还挺有谱气。他蹲下，帮我们把拖拉机修好。母亲拉着我对他千恩万谢，他用破布擦着手说：谢个屎。然后他用手拍拍我的头，说：你爹回来过没有？我猛地拨开他的手，退后一步，仇恨地看着他。他笑着说：好大的脾气，其实你爹是个混蛋！我说：你才是个混蛋！母亲拍了我一巴掌，斥责我：怎么跟你大叔说话？他说：没关系没关系，给你爹写封信，告诉他，让他回来吧，就说我已经原谅了他们。他跨上摩托车，发动起机器，摩托轰鸣，排气管子叭叭地响，狼狗汪汪地叫，他大声地对我母亲说：杨玉珍，不要烧胶皮了，我马上就把宅基地批给你，今天晚上到我家来拿批文吧！

　　拿到了宅基地批文，母亲激动不安，话多得像麻雀一样。她说小通，老兰其实并不像我们想的那样坏，我还以为他要怎么着呢，可人家二话没说就把批文给了我。她又一次将那张盖了大红印章的房基地批文展开给我看，然后就强拉着我听她回忆父亲逃跑之后我们娘俩走过的艰难道路。她的语调是悲伤的，但更多的是欣慰和自豪。我困得眼睛都快睁不开了，倒头便睡，等我一觉醒来，看到她披着夹袄靠在墙壁上，一个人还在黑暗中翻来覆去地讲那些车轱辘话，如果不是我从小胆大，肯定会被她吓个半死。母亲这次的长篇絮语仅仅是次彩排，等到半年后我们终于将高大瓦房盖起来那天晚上，正式的演出才算开始。那天我们还住在院子里临时搭起的窝棚里，初冬的月光将大屋照得很是辉煌，墙壁上镶贴着的彩色马赛克闪闪发光。窝棚子四面漏风，寒气袭人，母亲的话哧哧溜溜地往外奔涌，让我联想到屠户们手里那些倒来倒去的猪肠子。罗通，罗通，你这个没良心的杂种，母亲说，你以为没有你我们娘俩儿就活不去啦？呸！我们不但能活下去，而且把大瓦房也盖起来了！老兰家的房子高五米，我们的高五米一，比他家还高十厘米！老兰家的房子用水泥抹墙，我们镶贴了彩色马赛克！我对母亲的爱好虚荣反感透顶。老兰家的房子外边用水泥抹墙，里边却用三合板吊顶，墙上镶贴着高级瓷砖，地面上铺着大理石。我们家房子外边镶贴着马赛克，里边用沙灰抹墙，裸着房笆，地面坑坑洼洼，仅垫了一层炉渣。老兰家是"包子有肉不在褶上"，我们家追求的是"驴粪球儿外边光"。一缕月光照在她的嘴上,好像电影中的一个特写镜头。她的双唇翻动不止,嘴角上粘着两朵白色的泡沫;我拉过潮湿的被子蒙住脑袋,在她的絮语中昏然入睡。

冰冷的柴油机被凶猛的胶皮火烧得吱吱怪叫,母亲趁热摇车,柴油机嘭嘭地响了几声,一股黑烟从烟筒里冒出来。我兴奋地从地上跳起来——尽管我盼望着她永远发动不起来这车。柴油机响了几声又截了气。母亲拔出点火栓,重新换了火种,然后又是一阵猛摇。柴油机终于发疯般地叫起来,母亲用手加大了油门,飞轮高速运转,看起来竟像木然不动似的,但机器的颤抖和烟筒里打出的黑烟告诉我这一次是真正地发动起来了。在这个寒冷的上午里,我必须跟着她去县城,沿着结了冰的道路,迎着刺骨的寒风。母亲进了屋,穿上了她那件白板子羊皮袄,腰上扎着一条牛皮腰带,头上戴了一个黑色狗皮帽子,手里提着一条灰线毯子。这条毯子当然也是我们收来的废品,母亲的皮袄、皮带、皮帽子也是废品。她将毯子扔到高高的车顶上,那里是我的位置,毯子是我避寒的物品。母亲坐到驾驶座上,吩咐我去打开宽大的大门。母亲的大门是村子里最气派的大门,这个村子建立百年以来还是第一次出现这样气派的大门。这是一座用厚达一厘米的钢板和坚硬的三角铁焊起来的大门，机关枪也未必能打透。大门上刷了一层黑漆，还安装了两个黄铜的兽环。这样的大门让村子里的人敬畏，令叫花子望之却步。我开了那把母亲的铜锁，使足了劲儿将大门往两边拉开，街上的冷风猛地灌了进来，我的身体一下子就凉透了。我顾不上考虑冷的问题，因为，我看到，有一个身材高大的男人，牵着一个约有四五岁的小女孩，从牛贩子们牵着牛进村的方向慢吞吞地走了过来。我的心脏突然停止了跳动，然后便是嗵嗵地狂跳，还没看清他的面孔我就知道是父亲回来了。

五年不见，朝思暮想，每一次都把父亲的归来想象得轰轰烈烈，但父亲真的归来竟然是这样的普通平常。他没戴帽子，一头油腻的乱发上沾着几根麦秸草，那个小女孩头发上也沾着麦秸草，仿佛他们是刚从麦草垛里钻出来的。父亲的脸有些浮肿，耳朵上长满冻疮，下巴上生着一些黑白夹杂的胡须。他的右肩上挂着一个鼓鼓囊囊的黄色帆布挎包，挎包的背带上拴着一个白色的搪瓷缸子。他穿着一件油腻发亮的旧式军用大衣，胸前的塑料扣子掉了两个，但缝扣子的线头还在，扣子的痕迹清晰可见。他穿着一条看不出什么颜色的裤子，脚上穿着一双高腰的牛皮靴子，这双靴子有八成新，几乎装到了他的膝盖，虽然靴面上沾着黄泥，但腰子部分光亮如漆。父亲的高腰皮靴让我一下子就回忆起了他往昔的光荣，如果没有这双靴子，那天早晨，他在我的心目中就会暗淡无光。那个牵着父亲的手跌跌撞撞地小跑着的女孩头戴着一顶红绒线结成的小帽，帽顶上簇着一个蓬松的绒球，随着她的跑动那绒球毫无规则地跳跃。她穿着一件肥大的酱红色羽绒服，衣服的下摆几乎垂到了脚面，这件大衣服使她像一个吹涨了的皮球，使她的跑动像皮球的滚动。女孩面色很黑，双眼很大，睫毛很长，她的眼睛让我一下子就想起了父亲的相好——母亲的仇敌——野骡子。我对野骡子不但不恨，甚至很有好感，在她与父亲逃跑之前，我最喜欢到她的小酒馆里去玩，我在她那里能够吃到肉是我对她有好感的原因之一，但不是全部的原因，我感到她对我很亲，当我知道了她是父亲的相好之后，更是感到了一种异样的亲情。

　　我没有喊叫，也没有像我多次想象的那样，见到他后就不顾一切地扑到他的怀里向他诉说他走后我所遭受的苦难。我也没有向母亲通报他的到来。我只是闪到大门一侧，僵硬地站着，像一个麻木的哨兵。母亲看到大门洞开后，双手扶住车把，将小山般的拖拉机开了过来。就在她将车头对准了大门洞子时，父亲牵着那个小女孩正好也到了大门外边。父亲用很不自信的腔调喊了一声：

"小通？"

我没有回答，我的目光盯着母亲的脸。我看到她的脸突然变白了，眼光好像结了冰似的停止了流动；手扶拖拉机像匹瞎马，一头撞到了大门楼子的角墙上；然后她就像一只被枪子打中的鸟，从驾驶座上滑了下来。

父亲怔了片刻，嘴咧开，龇出焦黄的牙；嘴闭上，遮住焦黄的牙；然后再咧开然后再闭上。他用一种歉疚的眼神看着我，仿佛要从我这里得到帮助。我慌忙将眼睛避开了。我看到他将挎包放在地上，松开握着小女孩的手，犹豫不决地向母亲走去。他走到母亲身前时又回头望了我一眼，我再次避开他的眼睛。他终于在母亲面前弯下了腰，将坐在车下的母亲架了起来。母亲的目光还是冻的，她茫然地望着父亲的脸，好像打量一个陌生人。父亲咧嘴龇牙，闭嘴遮牙，喉咙里发出吭吭的声音。母亲突然伸出手，在他的脸上抓了一把。然后她从父亲怀里挣出来，转身向屋子里跑去。她的腿好像被抽了骨头，看样子软弱得像面条。她的奔跑歪歪斜斜，拖泥带水。她跑进我们的大瓦房，响亮地关上房门，因为用力过猛，一块玻璃被震荡下来，掉在地上，跌得粉碎。屋子里没有动静，片刻之后，爆发了一声笔直的长号，然后才是曲折的号哭。

父亲朽木般地立在那里，满面尴尬，嘴巴还是那样咧开合上、合上咧开地折腾不止。我看到他的腮上出现了三道深沟，起初是白惨惨的，马上就渗出了血。女孩仰脸看着父亲，哇哇地哭起来。女孩用很是好听的外地口音尖叫着：

"爹爹，流血啦……爹爹，流血啦……"

父亲蹲下，抱住了女孩。女孩抱住了他的头，哭叫不止：

"爹爹，我们走吧……"

柴油机还在吼叫，像一匹受了伤的猛兽。我走上前去，关了机器。

机器声停止后，女孩和母亲的哭声显得更加刺耳。街上走过几个晨起挑水的女人，向我家院子里探头探脑，我恼怒地关上了大门。

父亲抱着女孩站起来，走到我的面前，谦恭地问我：

"小通，不认识我了吗？我是你爹……"

我的鼻子很酸，嗓子哽住了。

父亲伸出一只大手，摸着我的头，说：

"几年不见，你长这么高了……"

眼泪从我的眼眶里溢出来，他用大手擦干了我的眼泪，说：

"好儿子，别哭，你跟你娘都是好样的，看你们过得这样好，我就放心了。"

我终于从嗓子眼里挤出了一声爹。

父亲将女孩放下，对她说：

"娇娇，认识一下，这是你哥哥。"

女孩躲到爹的腿后，胆怯地看着我。

父亲对我说：

"小通，这是你的妹妹。"

女孩的眼睛好看极了，看着她的眼睛我就想起了那个给我肉吃的女人，我喜欢她。我对她点了点头。

父亲叹一口气，捡起地上的挎包，然后一手拉着我，一手拉着女孩，走到了房门前。母亲的哭声一浪高过一浪，劲头还足得很，短时间不会停止。父亲低头想了一会儿，用手拍了拍房门，说：

"玉珍，我对不起你……我这次回来，是向你赔罪的……"

父亲的眼里滚动着泪水，我心里感动万分，眼泪又一次夺眶而出。

"我这次回来,想跟你好好过日子。事实证明,你们老杨家过日子的路数是正确的,而我们老罗家的家风是错误的。如果你能原谅我……我希望你能原谅我……"

父亲的深刻检查既让我感动又让我遗憾,如果他真的说到做到,那么即便他留下来,也不会像从前那样吃猪头了吧?母亲猛地将房门拉开了。她双手叉着腰站在房门当中,脸色青白,双眼发红,目光灼人。父亲往后退了一步,那个女孩转到他的背后,吓得浑身颤抖。母亲像一座爆发的火山,向外喷吐着岩浆:

"罗通,你这个丧了良心的王八蛋,你也有今天?五年前你与那个狐狸精结伴逃跑,将俺娘俩儿扔了,去过你们的好日子,现在你还有脸回来?"

女孩大声地哭叫着:

"爹,我怕……"

"多好啊,连野种都生出来了!"母亲死盯着女孩的眼睛,仇恨地说,"一模一样啊,一模一样!小狐狸精!你怎么不把那个大狐狸精也带来?她要敢来,我就敢把她的臊腔豁了!"

父亲歉疚地笑着,一副"在人屋檐下,不得不低头"的样子。

母亲把门又一次关上,隔着门骂:

"带着你的野种给我滚,我这辈子不想见到你!狐狸精把你甩了,你想起我们娘俩来了?滚吧,你在俺娘俩心里早就死了!"

母亲骂完了,到里屋里去继续哭泣。

父亲闭着眼,大口地喘着粗气,好像一个哮喘病人在做垂死挣扎。过了一会儿,他的呼吸顺畅了,对我说:

"小通,你和你娘好好过吧,我走了……"

他摸摸我的头,蹲在女孩面前,让女孩往他的背上爬。女孩个子太矮,又穿着肥大的衣服,在父亲背后爬到半截就滑下来。父亲往后探出手,抓住了女孩的小腿,然后就把她撮到了自己背上。他背着女孩站起来,脑袋往前探着,脖子抻得好长,像一头引颈就戮的牛。鼓鼓囊囊的挎包在他的腋下晃晃荡荡,好像屠户肉架子上悬挂着的牛胃。

我拉住他的大衣,说:

"爹,你别走,我不让你走!"

我拍打房门,对母亲说:

"娘,让俺爹留下吧……"

母亲在屋子里喊叫:

"让他滚，滚得远远的！"

我从破玻璃里伸进手去，拔开插销，将房门推开，说：

"爹，你进来吧，我让你留下！"

父亲摇摇头，背着女孩就走。我拉着他的衣服放声大哭，一边哭着，一边往屋子里拽他。我把父亲拽进了屋子，炉子里散发出来的热气顿时将我们包围了。母亲还在叫骂，但声音低了许多。骂过一阵后，接着就是哭泣。

父亲将女孩放下，我在炉子旁边放了两把凳子，让他们坐下。女孩习惯了母亲的哭声，胆子似乎大了些。她说：

"爹，我饿了。"

父亲从他的挎包里摸出一个冷馒头，掰成数瓣，放在炉子上烤着，屋子里很快充满烤馒头的香气。父亲解下搪瓷缸子，小心地问我：

"小通，有热水吗？"

我从墙角提过热水瓶，倒出了半缸子浑浊的温暾水。父亲将缸子放到嘴边试了一下，对女孩说：

"娇娇，喝点水吧。"

女孩看看我，好像在征求我的同意，我对她友好地点点头。女孩接过缸子，咕咚咕咚地喝起来，一边喝还一边发出一种小牛饮水般的声音，十分可爱。母亲从里屋里冲出来，从女孩手里夺过缸子，用力扔到院子里，缸子在院子里滚动着，发出当啷啷的声音。母亲抬手扇了女孩一巴掌，骂道：

"小狐狸精，这里没有你喝的水！"

女孩头上的绒线帽子被扇掉了，显出头上那两根让帽子压得歪歪扭扭的小辫子，辫子根上扎着白头绳。女孩哇的一声大哭起来，转身扑到父亲怀里。父亲猛地站了起来，浑身哆嗦，双手攥成了拳头。我很不孝子地希望父亲给母亲一拳，但父亲的拳头慢慢地松开了。父亲揽住女孩，低声说：

"杨玉珍，你对我有千仇万恨，可以用刀剁了我，可以用枪崩了我，但你不应该打一个没娘的孩子……"

母亲退后几步，眼睛里又结了冰。她的目光定在女孩头上，好久好久，才抬起头，看着父亲，问：

"她怎么了？"

父亲低着头，说：

"其实也没大病，拉肚子，拉了三天，就那么死了……"

母亲脸上出现了一种善良的表情，但她还是恨恨

地说:

"报应,这是老天爷报应你们!"

母亲走到里屋里去,打开柜子,摸出了一包干干巴巴的饼干,撕开油汪汪的包装纸,捏出几页,递给父亲,说:

"让她吃吧。"

父亲摇摇头,拒绝了。

母亲有点尴尬的样子,将饼干放在灶台上,说:

"无论什么样的女人落在你手里,都得不到好死!我至今没死,是我的命大!"

父亲说:

"我对不起她,也对不起你。"

母亲说:

"什么话你也不用对我说,你说了我也不会听,反正你即便把天说破我也不会再跟你过了,好马不吃回头草,你要是有志气,我留也留不住你。"

我说:

"娘,让爹留下吧……"

母亲冷笑道:

"你不怕他把我们的新房子卖了吃掉?"

父亲苦笑着说:

"你说得很对,好马不吃回头草。"

母亲说:

"小通,走,跟我去下馆子,吃肉,喝酒;咱娘俩苦熬了五年,今日也该享受一下了!"

我说:

"我不去!"

母亲说:

"杂种!你不要后悔!"

母亲转身往外走去,她刚才还穿着的光板子羊皮袄不知何时换下来了,头上的黑狗皮帽子也摘掉了。现在她穿着一件蓝色灯芯绒外套,那件会放电的化纤红毛衣的高领子从外套里露出来。她的腰板挺得笔直,脑袋有些夸张地往上扬着,脚步轻捷,仿佛一匹刚刚钉上了新蹄铁的母马。

母亲走出了大门,我感到心里轻松多了。我拿起炉子上的烤馒头递给女孩,女孩仰脸看看父亲,父亲点点头,女孩就接过馒头,大口小口地啃起来。

父亲从怀里摸出两个烟头,剥开,用一块破报纸卷起来,从炉子里引火点燃。透过从他鼻孔里喷出来的蓝色烟雾,我看着他灰白的头发和花白的胡须,看着他那两只冻疮溃烂、流出了黄水的耳朵,回想起当年与他到打谷场上去估牛时的风光，回想起跟他到野骡子店里吃肉时的情景，心里真是感慨万千。为了不让眼泪流出来，我背过脸去不再看他。我突然想起了迫击炮，我说：

"爹，我们什么都不怕了，从今往后什么人也不敢欺负我们了，我们有了一门大炮！"

我跑到厢房里，掀开那些烂纸壳子，把沉重的炮盘搬起来。我挺着肚子，步履艰难地走到院子里，将炮盘扔在当门的地方，仔细地摆好。父亲拉着女孩走出来，说：

"小通，你弄了块什么？"

我顾不上回答他的问话，一溜小跑进厢房，将同样沉重的三腿支架搬到院子里，放在炮盘旁边。最后一次，我扛出了光溜溜的炮筒子。我将支架支好，将炮管安装在支架和炮盘上。我的动作迅速而熟练，宛如一个训练有素的炮兵战士。我退到一边，骄傲地对父亲说：

"爹，这是日本造的82迫击炮，非常厉害！"

父亲小心翼翼地走到炮前，弯下腰仔细观看。

这件重兵器刚收来时，锈得像几块生铁疙瘩，我用了许多的砖头，把它身上的红锈全部打磨干净，然后我还用收购来的砂纸将它细细地打磨，连一个边边角角也不放过，炮筒子里边我也伸进手去打磨了，最后，我用收购来的黄油保养了它许久，现在，它已经恢复了青春，周身焕发着青紫的钢铁颜色，它大张着口，雄赳赳地蹲踞着，简直就像一头雄狮，随时都会发出怒吼。我说：

"爹，你看看炮筒子里边吧。"

父亲将目光射进炮膛，一束明亮的光线照到了他的脸上。父亲抬起头，眼睛里光芒四射。我看出了他的激动，他搓着手说：

"好东西，真是好东西！是从哪里弄来的？"

我将双手插在裤子口袋里，用一只脚搓着地面，伪装出漫不经心的样子，回答：

"收来的，一个老头和一个老太太用一匹老骡子驮来的。"

"放过没有？"父亲再次将目光投进炮膛，说，"肯定能打响，这是真家伙！"

"我准备等开春之后，去南山村找那老头和那老太太，他们肯定还有炮弹，我要把他们的炮弹全部买来，如果谁敢欺负我，我就炮轰谁的家！"我抬头看看父亲，讨好地说，"我们可以先把老兰家轰了！"

父亲苦笑着摇摇头，没说什么。

女孩吃完了馒头,说:

"爹,我还要吃,……"

父亲进屋去拿出了那几块烤煳了的馒头。

女孩晃动着身体,说:

"我不要,我要吃饼干……"

父亲为难地看着我,我跑进屋子里,将母亲扔在灶台上的那包饼干拿出来,递给女孩,说:

"吃吧,吃吧。"

就在女孩伸出手欲接那包饼干时,父亲就像老鹰叼小鸡似的将女孩抱了起来。女孩大声哭叫,父亲哄着她:

"娇娇,好孩子,咱们不吃人家的东西。"

我感到自己的心一下子凉透了。

父亲把哭叫不休的女孩转到背上,腾出一只手摸摸我的头,说:

"小通,你已经长大了,你比爹有出息,有了这门大炮,爹就更放心了……"

父亲背着女孩往大门外走去。我眼睛里滚动着泪水,跟在他的身后。

我说:

"爹,你不能不走吗?"

父亲歪回头看看我,说:

"即便有了炮弹,也别乱轰,老兰家也别轰。"

父亲的大衣一角从我的手指间滑脱了,他弓着腰,驮着他的女儿,沿着冻得硬邦邦的大街,往火车站的方向走去。当他们走出十几步时,我大喊了一声:

"爹——"

父亲没有回头,但父亲背上的女孩回了头,她的脸上还挂着泪水,但一个灿烂的笑容分明在她的泪脸上绽开了,好像春兰,好像秋菊。她举起一只小手对着我摇了摇,我那颗十岁少年的心一阵剧痛,然后我就蹲在了地上。大约过了抽袋烟的工夫,父亲和女孩的背影消失在大街的拐弯处,从与父亲背着的方向,母亲提着一个白里透红的大猪头,急匆匆地走了过来。她站在我面前,惊慌地问:

"你爹呢?"

我满怀怨恨地看着那只猪头,抬手指了指通往火车站去的大道。

(一九九九年)

# 藏 宝 图

这个故事从头到尾只有一句真话——这个故事从头到尾没有一句真话。

星期天，大街上车辆拥挤，小公共横冲直闯，出租车见缝就钻，自行车从出租车前穿过去。我在人行道上呆头呆脑地闲逛，来来往往的行人与我擦肩而过，全是陌生人，没人理我，我也不理任何人。突然，有人在我的肩膀上重重地拍了一巴掌，打了我一个趔趄。我听到耳边爆响了一声：嗨！回头看到，多年不见的小学同学马可咧着他的著名的大嘴正对着我冷笑。

我说是你这小子？怎么会是你这小子？你这小子怎么在这里？你小子什么时候来的这里？你小子来这里干什么？他说，我大老远就看见你小子了，多年不见了，你小子胖出了一圈，但你小子的鸭子步伐还没改变。我说就像你的大嘴没有改变一样,我的步伐也不可能改变。他说我来了十几天了,我来这里的第一个目的是想到动物园看看老虎,第二个目的是想看看你。第二个目的比第一个目的还要重要。来到这里第一天我就去看了老虎,不但看了老虎,我还顺便看了长颈鹿和大象,猴子也看了,熊猫也看了。都没有意思,最没有意思的就是老虎。这里的老虎太肉麻,趴在假山石下吃青菜,白菜黄瓜都吃,一点虎气也没有,一根能挺起来的虎须都没有。饲养员扔下去一只活兔子,吓得它们屁滚尿流地钻进洞里去了,好像它们是兔子,而兔子是老虎。我看到老虎洞里铺着棉被子,墙上还挂着一台彩色电视机,正在放黄色录像,说是让老虎看了好发情,这里的老虎连交配的能力都没有了。看完了老虎我就找你,我拿着从你老丈人家要来的地址找到你家。敲了半天门,从门缝里抻出一个虎头虎脑长着两颗虎牙的女人——不是你的老婆——凶巴巴地问我:找谁。我说找你。她说:找错门了。然后她就把门关上了。我继续敲门,门又开了,这次抻出了一个男人的三角形鳖头——不是你——比那个女人还凶地说:你怎么啦?还有完没有了?非要逼我报警是不是?我这才明白,你小子给你丈人的地址是假的,我按着地址找到的这个家根本不是你的家。我本来想马上就买车票回家,但没想到让小偷把钱包摸去了。我只好在街头上流浪。白天我到饭馆里讨点剩饭吃,脏是脏一点但营养很丰富;晚上就睡在前边那个桥洞子里,冷是冷一点但空气很新鲜。我现在已经很饿了,本来想到万惠园饭店去要点吃的,大老远我就看到了你小子。我想,没有这样好的运气吧?到处找找不到,怎么可能在大街上碰到?起初我还有点犹豫,生怕认错了人遭到杀身之祸,但我一看到你那几步走法我知道肯定是你。为了保险起见,我跟踪了你足有二里路。我在你的身后距离你只有一步,我把口里的臭气都喷到了你的脖子上,但你就是不回头。你不回头我也认出了你。你的脖子、你的耳朵、你的腮帮子,还有你咳嗽吐痰的声音,都证明了你是你。这些特征加上你那鸭子步伐,促使我下定了决心,从背后拍你一巴掌,打你一个冷不防。对你来说,这就叫作是福不是祸,是祸躲不过。对我来说,这就叫踏破铁靴无觅处,得来全不费工夫。你千万不要问我为什么要来京看老虎,你暂时什么也别问我,问我我也不回答。我饿得很厉害,请你先带我到饭馆里吃顿不用让我低三下四的饭。我身上一分钱也没有,肯定是你请客。你请我吃饱了,还得借点钱给我做路费,让我买车票回家;你如果不借我钱,我就跟你到你家去住。我身上痒得要命，很可能招上了虱子；我在桥洞子里跟十几个叫花子睡在一起，他们身上有很多虱子。近朱者赤，近墨者黑，近叫花子生虱子，这是一条基本原理。我带着一身虱子去你家住，你同意你老婆也不会同意，你老婆同意了你孩子也不会同意，即便勉强同意了心里也不会高兴，心里明明不高兴，脸上还要伪装出高兴的笑容，人间的痛苦没有比这更加深重的了，所以，如果你是个聪明人，就请我吃顿饭，然后借给我一点钱把我打发了。请你特别注意，虽然我嘴里说是借你的钱，但我根本就没打算还你；无论你借给我多少，都是羊肉包子打狗，有来无回。现在最流行的事就是借钱不还，你要想让我还钱你就要请我吃饭还要给我送礼。我在这座城里举目无亲，好容易碰上了你，所以我绝不会让你逃了。你想逃也逃不了，你那两条小短腿跑不快。你如果敢跑我就在你后边慢慢地追赶，我一边追赶一边还要大声喊叫抓小偷，让你热豆包掉进灰堆里，吹也吹不得，洗也洗不得。肯定会有觉悟高的人帮我把你拦住，然后你一拳他一脚地揍你一顿，打你个鼻青脸肿。眼前的形势就是这样的，你自己先掂量掂量，我给你三分钟的考虑时间。我还要告诉你，昨天我在大街上听到一个女人说，虱子能传染多种疾病，伤寒、痢疾、霍乱、麻疹，很可能还传染艾滋病，你好好考虑考虑吧，只有两分钟了，得了艾滋病基本上等于领到了见阎王的通行证，只有一分钟了，你才四十啷当岁，死了多么可惜，只有半分钟了，所以我劝你不要因小失大，时间到，考虑好了没有？

其实我根本就没有什么好考虑的，我能做的就是立即把他带到一个就近的饭馆里，点上一桌子鸡零狗碎，让他小子尽力撮一个饱，然后给他点钱打发他滚蛋，这是我最好的选择。不久前我重温革命时期的走红小说《青春之歌》，看到余永泽先生和林道静小姐这对新婚的小两口儿在京城的小家里正准备甜甜蜜蜜地过大年，炉火熊熊，烛光闪闪，锅里的肉散发出了浓烈的香气，红色的葡萄酒在玻璃杯子里闪闪发光，气氛好极了。突然，余先生老家村子里的一个曾经给他家当过长工的老头，背着些大包小包，拖泥带水地闯了进来，余永泽给了他十元钱想把他打发走，他不走，还说了很多不中听的话，为此林道静和余永泽闹起了别扭。我看到这里，感到余永泽做得基本没错，感到林道静有点虚伪，用北京人的语言说就叫作"装丫挺"，感到那老头子有点不知趣，甚至有点讨厌，起码没有什么志气，虽然穷得厉害，但也不能算一个好的贫下中农，好的贫下中农应该举起扁担跟地主拼命,怎么会忍气吞声地给地主家干活?好的贫下中农应该是冻死不低头,饿死不弯腰,怎么可能跑到地主少爷家摇尾乞怜?看人家不愿搭理他,套近乎套不上了,当然也是嫌余永泽给他的钱少了点,这才说了几句硬话。我知道我的阶级感情发生了很严重的问题,便努力学习了一些讲阶级和阶级斗争的书,自觉觉悟有了很大提高,但今日见到了这个浑身虱子、不远千里来看老虎的小学同学,好不容易提高了的觉悟一下子降到了最低点,比读《青春之歌》时还低。我宁愿帮他买张飞机票,也不愿把他带回家。我知道请神容易送神难的道理,如果我把他带到家里,让他知道了门牌号码,我的家很可能就会变成他的家。

我原本想把他带到北来顺吃顿涮羊肉,但路过一家饺子馆时,我说:伙计,舒服莫过躺着,好吃不如饺子,咱们吃饺子怎么样?他说,好吧,要饭的人不应该嫌饭凉,尽管我更想让你请我吃一顿烤鸭。然后他就滔滔不绝地讲起了对烤鸭的渴望,他引用了据说是美国前总统尼克松先生的话,"不到北京,就不算到了中国;不吃烤鸭,就不算到了北京,因此不吃烤鸭就不算到了中国"。我装聋作哑,不接关于烤鸭的话头,我心里想,去你的吧,你也配吃烤鸭?他说:等下次我到了北京,如果我的钱包没让小偷摸去,我一定请你吃一次烤鸭,我不但要请你吃烤鸭,我还要请你老婆和你的孩子吃烤鸭;我不但请你们家去烤鸭店吃烤鸭,我还要买几只烤鸭送给你们,让你们回家后继续吃。他还说其实烤鸭也不是什么好东西,现在真正有地位有身份的人才不吃这种肥肉片子呢,现在北京和全国各地的上等人都讲究吃素,讲究吃绿色食品,吃粗纤维,剑麻、芦苇、仙人掌,是最高级的食品,咱们县里那些土鳖还在猛嚼驼蹄、熊掌、海参、鲍鱼,让他们全都血压升高手冰凉吧,他们的脑子出点问题,老百姓的日子就会好过点儿。我说你怎么什么都知道呢?你从哪里学到了这样多乱七八糟的科学知识?他说你以为农民都是傻子吗?我说,农民不是傻子,我才是个傻子。他轻蔑地说:难道你不是个农民?你以为在北京有了两间房子,墙上挂上两穗谷子,地上铺上几块釉面砖或者木地板,你就不是农民了吗?你永远是个农民,你这样的人放到盐水里泡三年,放到血水里煮三年,放到矿泉水里洗三年,晾干了还是个农民!我说对对对,你说得对,我永远是个农民,所以我只能请你吃饺子,说着,我就把他拖到了饺子馆里。

饺子馆门面很小,只有三张桌子,九把小凳子。开饺子馆的是一对老夫妇，老头满头白发看样子有一百多岁了，老妇满脸皱纹，看样子也有一百多岁了。我们进门时老两口子坐在外边抽烟，老头抽烟袋，老妇抽纸烟。见到我们进了门他们很冷漠，老太太叼着纸烟，用与她的年龄很不相称的朗朗声音问我们：二位，吃饺子吗？吃什么馅的，要多少？要不要来几个小菜？要不要来几瓶啤酒？我看了一眼马可，请他点。他说让我点我就点，不过我估计也没有什么好点的。他问老太太，你们都有什么馅的？老太太说有白菜馅的、胡萝卜馅的、茴香馅的，还有三鲜馅的。他说都要都要，每样的先来半斤，吃了不够再点。紧接着他问，有鲨鱼肉馅的没有？鳄鱼肉的呢？老虎肉的？狐狸肉的？没有没有全没有！老太太连声摇头，吊着嘴角轻蔑地说我们年纪大了，不知道去哪里才能买到您说的这些肉。他说我知道你们没有，我只是想告诉你们，你们没有的，别人很可能有，你们没吃过的东西，别人很可能吃过，你们北京人自以为靠着皇城根儿见多识广，其实你们是天下第一的孤陋寡闻。然后他就大讲他在烟台战友家吃鲨鱼肉饺子、在广东战友家吃鳄鱼肉饺子、在大兴安岭战友家吃老虎肉饺子、在自己家里吃狐狸肉饺子的经过。鲨鱼肉，鲜红鲜红，半米多厚，包出饺子来，味道真是美极了。他说，那时还是文化大革命时期，一公斤鲨鱼肉才卖八毛钱，八毛钱也没有多少人买，嫌贵。鳄鱼肉是论两卖的，一两二十元，贵是贵了点，但在我战友那样的大款眼里，二十元根本就不算钱。鳄鱼肉的饺子，究竟有多么好吃，靠我的这点文化水儿是无法子跟你们说清的，尽管我也是人文函授大学毕业，联合国承认学历。什么时候我带你到我战友家里，让他媳妇包一锅给你吃。狐狸肉的饺子虽然有点臊气，但有人就是愿意吃那个臊味儿，这就像咱们县里那个女书记最爱吃猪的大肠头是一样的。起初那些个马屁精为了让书记喜欢，把大肠头用碱水洗三遍用盐水洗三遍然后用清水冲了三遍，把那股臊臭味儿洗得干干净净，气得书记砸了盘子，破口大骂：狗娘养的你们这些笨蛋，我的臊味哪里去了？那些挨了骂的人心怀不满，下次做时，不但不洗，还铲上了半斤猪屎，书记一吃，喜笑颜开，说，你们这些同志，不批评是不会进步的。然后她就把那个往锅里铲猪屎的办公室副主任提拔成了主任。吃了狐狸肉放屁特别臭，有一天我吃了狐狸肉饺子坐车进城，车上那个卖票的小子不讲理，想讹我的钱，我急了，放了一个屁，把满车的人全都臭昏了，司机天天闻汽油，抗臭的能力强一些，煞了车跳车逃跑，这才没酿成大祸。说一千，道一万，最最好吃的还数老虎肉饺子。他说在大兴安岭的密林深处，有一个铁杆的朋友，两人曾经结拜过兄弟，一个香炉三炷香，脑袋磕得嘭嘭响。那人是个神枪手，为了欢迎他，冒着生命危险，跑到老虎窝里打了一只斑斓猛虎，是只公虎，剥出一根虎鞭一米多长，晒干后还有八十厘米。朋友不但请他吃了几次老虎肉饺子，把虎鞭也送给了他，让他回家泡酒喝。他的朋友说，什么伟哥伟嫂的，比起咱们长白山的虎鞭，那就好比是拿着油条比铁棍。他说他爱护妇女，不愿做那些伤天害理的事，就用虎鞭做了一条腰带，本来想扎到腰里进北京给你看看，让你开开眼界，但不幸的是让一匹公猫偷去吃了，它很可能把虎鞭当成了干鱼。这一下可是不得了了，村子里的母猫全都逃窜得无影无踪，后来连母狗也逃了。方圆一百公里之内只剩下他家那匹兽性大发的公猫，那家伙的吼叫声惊吓得村子里的人夜不能眠。老虎肉的饺子当然是人间最美味、营养最丰富的饺子，觉悟不高的男人吃了老虎肉的饺子百分之百地要犯流氓罪，他吃了老虎肉的饺子虽然没犯错误，但也熬得不行，浑身上下，热气腾腾，好像一台锅驼机。没别的办法，他只好听从战友的建议，砸开黑龙江上厚达一米的冰层，跳到冰水里泡着，当然是赤身裸体。如果不吃老虎肉，跳到黑龙江的冰水里,三分钟就会冻成冰棍,但他泡在冰水里,感到舒服极了。他说他在冰窝子里泡着,江面上热气腾腾,远看好像在江里烧开水。男女老少,许多人赶来看,连对岸俄罗斯的老娘们都来看。有骑着摩托车来的,有骑着大洋马来的,更多的人是坐着爬犁来的。有马拉的爬犁,有狗拉的爬犁,还有用梅花鹿拉的爬犁和四不像拉的爬犁。这些都算不上新,也算不上奇;最新最奇的是一个俄罗斯大闺女,骑着一匹老虎来观看。那匹老虎在她身下,温顺得像一只小猫。老虎的脖子上挂着一串铜铃铛,跑起来一片脆响:叮叮当叮叮当,铃儿响叮当——好听得不得了。他说:我这人见多识广,见了骑老虎的少女稍微有点惊奇,但绝对没有把这当成了不起的大事;别的人就不行了,他们先是丧魂落魄,狼狈逃窜,看看没事,又战战兢兢地回来,远远地看热闹。老虎驮着美丽得不太像人的俄罗斯少女站在我的面前,她和老虎的口鼻里喷出很多白色的蒸气,少女的眉毛和老虎的胡子上结了小小的冰凌。少女对着我说了许多的话,叽里咕噜的,一半像唱歌,一半像念咒,可惜我不懂俄语,否则与她对对话该是一件多么有趣的事情啊!我不懂俄语,又不忍心冷落了人家,这可是关系到中俄两国人民的深情厚谊的大事,我没有别的办法，只好对着她和她的老虎微笑。我轻易不愿大笑，因为你也知道，我一大笑就会狗洞大开，令人望之生畏，即便是微笑也不好看，这是我心中永远的痛，但事关大局，也就顾不了个人的面子了。我对着她和老虎笑，她也对着我笑。她的笑容那是无法形容的，只能比喻，拿什么比喻呢？只能用老虎肉的饺子来形容她的笑容。她的笑容就像我吃过的老虎肉饺子一样鲜美！我们俩对着笑的时候，老虎默默无声，眼泪好像小河，流到了嘴边的毛上，它伸出紫红色的大舌头，不停地舔着眼泪。它的舌头上满是肉刺，让它的舌头舔一下，半边脸上的肉就没有了，一点也不会留下，露出森森的白骨。我们村子里有个让熊瞎子舔去了半边脸的人，名叫许三，你还记得他吧？说起来他跟你们家还有点瓜蔓子亲戚呢。老虎的舌头比熊瞎子的舌头锋利多了，让它舔一下可不是好玩的。我知道老虎为什么流眼泪，它是闻到了从我嘴里呼出来的老虎肉的香味。我估计这匹老虎和让我们包了饺子吃掉的那匹老虎是亲戚，但也不是太像。我们吃掉的那匹老虎是匹公虎，少女骑着的这匹老虎是母的，我从母老虎的表情上猜出，被我们吃掉的老虎很可能是它的丈夫，这还是一桩跨国的婚姻呢。想到此，我才感到了害怕，不管这匹母老虎和它的丈夫是分居了还是离了婚，但一日夫妻百日恩，人类的感情规则同样适用于老虎的感情规则，我吃了它丈夫的肉，它吃掉我就是天经地义的事……

马可要了一碟子花生米、一碟子猪皮冻、两瓶啤酒。老太太把啤酒和小菜端上来，然后就退后两步，倚着门框子，歪着头，吧嗒吧嗒地吸烟，好像一只沉思默想的老鹰。马可说：老大娘，请您离我们远点，我们哥俩多年不见，正要谈一些重要的事情，您站在这里，就像看守似的，把我要说的话全都吓忘了。老太太问：说我吗？他说：当然是说你，不说你还能说谁？老太太撇撇嘴，闪身进了内室，我们听到室内的案板噼里啪啦地响，知道老头子正在剁馅。在案板的响声里，那个老太太大声说：穷酸，什么东西，他还把自己当成了个人！我与马可对眼相望，他无声地笑了。我低声地责备他："饭前不得罪厨子，睡前不得罪老婆"，你这么一张狂，这饺子还能好吃得了吗？他说：放心，无非是少放点肉多放点菜，这岂不是正中了我们的下怀？我说：你就不怕她给我们下点巴豆、斑蝥什么的？他说：不要把人想得那样坏，这个世界上，好人还是比坏人多。然后，他就像一个主人似的，按着我的肩膀让我就座。我说：你先坐嘛！他说：你不坐我怎么敢坐？我说：咱们俩谁跟谁呀？我就了坐，他也坐下。小凳子面积很小而我的屁股很大，所以感到很不舒服。但我不敢说自己的屁股不舒服，我如果说坐得不舒服，他很可能提出换地方，前面不到百米的地方就有一家南港渔家，那里的座位是真皮靠背椅，舒服极了，但那里的价格是杀人不眨眼的，去那里吃的人大多数花公款，即便是花私款，也是在钓大鱼。

他熟练地往我眼前的杯子里倒着啤酒，他说我告诉你，倒啤酒需要卑鄙（杯壁）下流，否则就会泡沫溢出。这种说法我听了差不多八千次，他还拿来卖弄，简直就像在孔夫子门前念《三字经》一样浮浅。我掩饰着对他的厌恶，端起杯子说：来，老同学，干杯！他说：好吧，干杯，咱哥俩多年不见，今日要喝个痛快，一醉方休！我一听他要喝个一醉方休，心里就乱打鼓。我早就听说这个小子喝醉了不着调，如果他喝醉了，我想赶快把他打发走的计划十有八九要落空。于是我就赶快改口说：别干杯别干杯，能喝多少喝多少，喝醉了伤身体。他好奇地看着我，说：哥们，我走南闯北，从南京到北京，从国外到国内，从没听人说过喝多了啤酒还会伤身体。啤酒是什么？液体面包，跟咱们老家的大馒头是一样的，怎么可能伤身体？你这纯粹是谬论，无非是怕花钱，其实喝几壶啤酒又能花你多少钱？你即便让我放开了肚皮喝，喝到了嗓子眼顶多也就喝十来瓶，没有多少钱嘛！这点钱对你来说，不过是九牛身上的一根毛！来吧，干杯，你不干你就是嫌贫爱富，你就是为富不仁，你就是忘了家乡父老，你就是杀妻灭口的陈世美，你就是腐化变质的刘介梅！我问：陈世美我知道，但刘介梅是谁？他猛地一拍桌子，说：看看，看看，我说对了吧？你竟然连刘介梅是谁都不知道了，可见问题已经很严重了！他刚要给我说刘介梅的事，一个苍蝇飞到他的鼻孔里：阿——阿——嚏！打完了喷嚏他就把刘介梅忘了。

他把连在一起的一次性筷子一劈两半，对我说：吃吧吃吧，别客气，这样的小饭馆虽没有鱼翅燕窝，但小菜还是有特点的。老夫老妻开的饭馆，一般不会出问题，虎老了不吃人，人老了不害人，如果是一对年轻夫妻开的饭馆，我告你说千万不要进去，千万千万，如果你非要进去，就要做好站着进去躺着出来的准备。北京是首都，可能好点，到了咱们老家那地方和除了北京之外的其他地方，大部分年轻夫妻开的饭馆，三分之一像日本鬼子的七三一部队，三分之一像孙二娘的馒头铺，三分之一像咱们县的城关卫生院，里边都是死啦死啦的干活。你知道咱们县的城关医院吗？就在县政府大楼前边那条大街上，是一栋红色的、四四方方的大楼，远看好像一块巨大的鲨鱼肉。里边那些当医生的，当护士的，大多数都是鸡巴毛上的虱子，根子又粗又硬，最有名的外科大夫赵三瓶——现在已经提拔成副院长了——是县委书记的小舅子，虽然是副院长，但说话比院长还要硬气，院长完全看他的眼色行事。此人五大三粗，胡子连着胸毛，胸毛连着鸟毛，鸟毛连着腿毛，这家伙浑身是毛，但就是头上不长毛，他是该长毛的地方不长毛，不该长毛的地方乱长毛。这家伙演土匪不用化妆，演鲁智深也不用化妆，演杀猪的也不用化妆。这家伙原本是咱们向阳公社兽医站的兽医，最拿手的好戏是阉小猪。说起来你肯定还记得他，记起来了吧？对，就是他，咱们在农业中学读书时，开门办学，请他教过我们阉小猪。改革开放之后，他姐夫不拘一格降人才，把他提拔到城关医院当了外科主治大夫！他是个贼大胆，其实他没进城关医院之前，就开始给人做手术。他给人做的第一例手术是给他爹切割阑尾，连麻药也不打，用棍子打晕了，家里没有碘酒，用了点白酒消消毒，就用那把阉小猪的刀子，把他爹的阑尾切了。为了防止他爹苏醒过来跑了，他把他爹用绳子绑在了一条杀猪的板凳上，还用黑布蒙了眼，用白布勒了嘴。有人从窗外看到过这个情景，还以为是给他爹上老虎凳呢！他爹好了以后，拍着肚皮上的刀口，到处给儿子做广告。这小子给自己的爹成功地做了手术，如梦初醒，说弄了半天，给人切阑尾比阉小猪还容易，既然如此为什么不去当人人尊敬的人大夫，反而要当遭人嗤笑的猪医生呢？找姐夫去，改行。他姐夫毕竟是高级干部，觉悟高，有政策观念，说小孩他舅，你尽管给老头子成功地切除了阑尾，但要到医院当外科大夫，必须上学进修，取得医生资格，否则我要跟着你犯错误，我犯了错误你也跟着完蛋。他说，好吧，姐夫，我听您的。他进了一个外科大夫进修班学习了半年，得了一个研究生文凭，还得了一个硕士学位，然后就理直气壮地进了城关医院当了大夫。自从他进了城关医院当了外科大夫，城关医院的病人活着出来的不多。县计划生育委员会主任说，咱们县如果有十个赵三瓶这样的外科大夫，人口肯定负增长，根本就不必再搞什么计划生育了。城关医院不止一个赵三瓶杀人不眨眼，还有几个胆大包天的野护士。最著名的野护士牛小草是副县长的妹妹，医生让她给一个小孩子输液，她愣给人家输进去一瓶子酒精。病人家属去找她，说：护士……她一听人家叫她护士就发火，城关医院的人爱面子，连那些负责挂号的、烧水的、收钱的、扫地的，这么说吧，进了城关医院，你只要看到一个穿白大褂的，必须叫大夫，否则就不理你。牛小草怎么能容忍病人家属叫她护士？她打着毛衣翻着白眼装聋。病人家属被孩子的情况吓急了，忘了这医院的规矩，还是一个劲地叫护士。最后，连牛小草也烦了，不得不自己正名，说：告诉你们，不要叫护士，叫大夫，叫大夫，明白吗？病人家属这才恍然大悟，连忙说：大夫，大夫，俺那个孩子怎么发了红了呢？牛小草说：发红不就是好了吗？病人家属说：不是个正经红法，求您去看看吧……牛小草嘟哝着：你们这些农民，真是事多。到了病房一看，那个小孩子红得像一根胡萝卜，不但发红，还口吐白沫，四肢抽搐。牛小草纳闷地问：咦，怎么会这样呢？突然她笑了，说：嗨，你看我，忙糊涂了，把酒精当成盐水了。病人家属说：怎么办？牛小草说：没事，酒精消毒，你们的孩子全身的病毒这一次全部杀死了，我肯定地、负责任地说，他这辈子不会生病了，你们赶快到收费处交酒精的钱吧！……

我打断他的话，说伙计咱们不说这些吓人的话好吗？咱们说点愉快的话好不好？他皱着眉头说，嗨，满肚子都是苦水啊，哪里去找愉快的话？我说那就什么也不说了,喝酒,吃菜!他夹起一块猪皮冻,哧溜一下子吞了下去,然后又夹了一块,然后又是一块。他说,这皮冻还行,很有咬头,但味道有点怪,很可能是加了水胶,咱们那地方的小饭馆里做猪皮冻百分之九十地要加水胶。我说,行了,伙计,咱们俩都是地瓜面的肚子,的确良的裤子,没么多的讲究。他说,对,你说得很对,人不能忘本,树不能忘根。不过,现在地瓜面已经是很高级的食品了,现在地瓜比苹果还要贵,地瓜面比富强粉还要贵。的确良现在不值钱了,但要倒回去三十年,谁能穿上条的确良裤子那还得了吗?倒回去三十年,别说的确良裤子,就是混纺的人造棉裤子,穿到腿上就像粉皮一样滴里嘟噜的那种,也像老虎皮一样珍贵。他说,你大概还没忘记吧?你第一次到你老婆家去认门,就借了我那条黑色的人造棉裤子。你小子抽烟时还把我的裤子烧了一个窟窿。我说:有这种事?我怎么不记得了?他说:这种事你当然不会记得了,你不记得我记得。你把我的裤子烧坏,自己不敢来还,让你姐姐来还,你姐姐说了一大堆赔不是的话,还送给我家三个鸡蛋。说句不客气的话,如果当初没有我那条人造棉裤子,你老婆肯定不会看中了你,即便你老婆看中了你,你丈母娘也看不中你。俗话说得好,"人靠衣服马靠鞍"

嘛！我听人家说过，你从你丈母娘家出来后，你丈母娘就跑到大街上去宣传：俺家那位没过门的女婿，穿着一条人造棉的黑裤子，走起路来，简直是飘飘如仙！——就凭着当年我借给你裤子成就了你的金玉姻缘，他说，让你请我吃一桌生猛海鲜也不为过。我说你就闭着眼睛编吧，但要我请你吃生猛海鲜那是不可能的。他说，看把你吓得那个小样！你请我去吃我也不会去，你们这些小鸡巴官，贪点小污受点小贿，提心吊胆的怪不容易，我怎么忍心吃你的生猛海鲜？我早就告诉过你，宁做鸡头，不做凤尾，你也能算上个县级干部？还正县级呢，看看你这副熊样子，连个正乡级都不如。咱们乡那个党委书记，坐着奥迪，手持大哥大，老家一个老婆，县城里一个老婆，在乡里还和妇女主任睡一个被窝子。重婚？我说你怎么这样弱智呢？老家的老婆是离婚不离家，乡里的老婆是睡觉不结婚，人家根本就不会干犯法的事。抽烟靠送喝酒靠贡自己的工资基本不用自己的老婆基本不动，三年乡镇长，十万雪花银，你还在这里混个什么劲？我要是你，早就回去了。不过这话又说回来了，你如果真回去了，别说乡镇长轮不到你当，连个村支部书记也轮不到你的头上。往最好里说，能把你安排到文化局当个副局长，那你也要准备好两万元送给县委书记的老婆（咱县的书记的老婆做了一次人工流产手术就收了八十万元的红包，她每年人流二次），否则，顶多把你安排到一个即将破产的厂子里当个工会副主席。咱们县里那家欠了银行二亿八千万元贷款、与安哥拉合资的长毛兔皮加工厂，光部队转业下来的团级干部就安排了四个，三个正团级当了工会副主席，一个副团级当了收发室主任兼保安队队长，这人在部队时是训练标兵，最擅长的是射击投弹拼刺刀，现在打的都是电子仗，连敌人的影子还没见到战争就已经结束了，所以他空有一身硬功夫也被淘汰了。他对收收发发不感兴趣，这是退休老头子干的活儿，他的兴趣在保安队上。他用百分之一的精力抓收发工作，用百分之九十九的精力训练保安队。他自己动手，做了二十多杆木枪，发给那些小伙子每人一杆，然后带着他们在厂办大楼前摸爬滚打。死气沉沉的中外合资长毛兔子加工厂顿时变得生气蓬勃，好像蝎子窝里捅了一棍。那些穿着黑制服的小保安们手持木枪，对着办公楼前的一排稻草人，一个个吹胡子瞪眼，咧开嗓子吼叫：杀——杀——杀——！那个副团长站在一边，军装严整，只是缺了帽徽和领章，活像一个黑金刚，这样的人放在抗日战争年代，稍一努力就是个特等英模，他这人真是生不逢时啊！他站在耀眼的阳光下，冰冷的目光从他的帽檐下射出来，生铁丸子般的口令从他的口里喷出来：兔子——刺！兔子——刺！他的口令把那些厂里的闲官和过往的行人弄得莫名其妙，都说这个团副怎么张口就骂人呢？就算是兔子皮加工厂，与兔子靠得近，也不能让"兔子——刺"啊？一个小保安从队列里走出来，把木枪一扔，说：队长，俺不干了，跟着你干挣不到多少钱，累得贼死，衣服没有干的时候，还被您当兔子骂来骂去。团副怒吼着：把枪捡起来！你好大的胆子，竟敢扔掉武器。小保安被团副的气势给威住了，低声嘟哝着说：捡起来就捡起来，发那么大的火干什么？团副大声说：你们都给我好好听着，不是"兔子——刺"是"突刺——刺"！保安们松了一口气，说：原来不是"兔子刺"，那我们就放心了。在敞亮的大办公室里看景的干部们也松了一口气，说：啊，原来是"突刺刺"，不是"兔子刺"，这样我们就放心了！你知道这个团副是谁？他就是我老婆的舅舅，我老婆的舅舅就是我的舅舅，你说对不对？

我舅舅训练保安队，沿用着六十年代大练兵的方式。他要求那些在蜜罐子里长大的小保安们带着浓厚的阶级感情练。那些小保安大睁着眼睛，迷茫地问：队长，啥叫阶级感情？我舅舅懵了片刻，叹息道：完了，完了，这一代青年彻底完了，连阶级感情都不知为何物，我们的红色江山怎么能保证不变颜色？我舅舅说，依着他当年的脾气，非每人给他们一顿枪托子不可，但他们不是军人，无知也不是错误，是错误也不能打，打了就要犯国法，再说了，孩子无知是大人的错误，要打也只能打大人。我舅舅没法子，只好拿出大闺女绣花的好脾性，对这群无知的青年循循地诱导。我舅舅问他们，孩子们，你们不懂啥叫阶级感情，但你们懂不懂阶级仇恨？小保安们一个个把头摇得像货郎鼓似的说，不懂，不懂。我舅舅说，你们知不知道蒋介石？小保安们说：蒋介石？蒋介石是谁？俺们村子里没有姓蒋的。我舅舅说，你们知不知道还乡团？小保安们说：还乡团是个什么团？我舅舅连连叹息，问：这么说吧，你们最恨的是谁？一个小保安大声地喊：我最恨的是俺村的支部书记，那家伙贪污提留款，把电费提高到三元钱一度，俺爹不交电费，他一拳打破了俺爹的鼻子，还让他的狗腿子掐了俺家的电线，拉走了俺家的牛！一个小保安说：我最恨的是俺村的村长，他把俺家的地界石偷偷地挪了两米，俺哥找他讲理，他不讲理，一个电话把他在乡公所当联防队员的儿子叫回来，用麻绳子把俺哥捆到了乡公所里，他们说俺哥殴打革命干部，破坏社会治安，打得俺哥鼻青脸肿，还要俺爹拿一千元钱去赎人。小保安们七口八舌地控诉着他们的仇人的罪行，小脸有的红，有的白，有的青，有的黄，全都是苦大仇深的样子。我舅舅心中暗暗吃惊，连忙打住了话头，说：好了好了，只要你们心中有仇人，咱们这兵就能练出个名堂来。从现在起，你们就把面前的稻草人，想象成你们最恨的人，然后就用刺刀捅他们！开始吧，我舅舅像一个执刑官一样发号施令：突刺——刺！那些小保安就像打了兴奋剂似的，一个个双眼发红，喷吐火焰，对着那些稻草人就下了狠手，有的一边刺还一边破口大骂，弄得兔子皮加工厂里杀气腾腾，过往的行人驻足观看，有人还问：这是怎么啦？有人回答：拍电影呢！

　　他夹起一个花生米扔到口里，说，这件事很轰动的，兔子皮加工厂被评为民兵训练先进集体，报纸和电台都做过报道，市电视台还来录过三天像。一俊遮百丑，我舅舅这一呼隆，给臭名昭著的兔子皮加工厂涂了脂抹了粉，我舅舅成了大名人，厂长也成了省人大代表。县里那些濒临灭亡的工厂纷纷学习兔子皮加工厂的经验，高价聘请转业军人，训练门卫保安队。但等到他们的保安队训练出来之后，兔子皮加工厂已经倒闭了。你猜猜兔子皮加工厂的厂长是谁？就是我们小学时的同学小马圈呀!啊啊,啊!想起来了想起来了,是肖梦娟啊!她的外号叫小马圈,对,她的外号叫小马圈。他说:如果我没记错的话,她的外号还是你给她起的。想当初你小子迷上了她,天天回家拿地瓜给她吃,开春后的地瓜,甜得赛过了苹果,你用小刀把地瓜切得一片片的放在她的眼前让她吃,我们跟你讨片吃,你不给我们吃,还在我们眼前晃动那把刀子。小马圈吃了你的地瓜,不但不念你的好,还到老师那里去告你的状,说你当着她的面说学校是监狱,老师是奴隶主。老师连忙把你的话向校长做了汇报,校长很重视,用小绳子捆着你往公安局里送,公安局问了案情,说这孩子犯的是一般性的错误,应该按人民内部矛盾处理。校长把你押回来,召开全校大会,让你在全校师生面前做检查。你哭得鼻涕一把泪一把,态度不错,认识错误比较深刻,没开除你的学籍,因为你年龄太小也没好意思把你打成反革命,对你很温柔,给了你一个警告处分,这样才把你从痴迷中唤醒过来,你小子一怒之下就给她起了一个外号。小马圈后来出息大了,小学刚刚毕业就调到公社宣传队里当了独唱演员,最拿手的歌是那首陕北民歌《山丹丹开花红艳艳》,她的嗓子就像小喇叭似的,清凉无比,简直就是一块薄荷糖。你还记得那首歌的调子吗?

我摇摇头，我摇头的意思根本不是说我把那支歌的旋律忘了，我是想起了往事心中感慨，他却以为我把旋律忘了。他喝了一口啤酒，清清嗓子，说：你这就是忘本，怎么把这首歌都给忘了呢？我给你哼一哼吧。于是他就哼哼起来。他的声音起初很低，甚至还有几分抒情，还挺像那么回事。但哼了几句后，他就忘乎所以，放开了他那个毛驴嗓子吼起来。老头和老太太手上沾着白面跑出来，问我们发生了什么事。我说没发生任何事，我这个同学正在唱歌怀旧呢！老太太说：小点声，把警察招来就够你们喝一壶的。

他灌下去一杯酒，嘴唇上沾着泡沫，说，圣人说得好，骗子最怕老乡亲，就说你吧，现在也是人五人六的，穿一套皱皱巴巴的破西装，系一根狗舌头般的红领带，秃着个鸡巴头，在大街上摇头晃脑，冒充老干部，但在我的面前就别装了。你上到三年级时还穿着开裆裤子，老师喊一声你就小便失禁，你那条棉裤臊哄哄的，女同学都不愿意跟你同桌，男同学也不愿意跟你同桌。就是你这样一个人，连老师也想不到你竟然能创作歌曲。你创作了一首美丽的流氓歌曲，你肯定不会把这个忘了吧？他很抒情地哄哄起来：小马圈，辫子长，裤裆里钻出一只羊。小马圈，嘴巴大，张嘴跳出个癞蛤蟆……我想起了多年前的往事,不由得苦笑起来。他说:想起来了吧?小马圈当了一阵宣传队,跟公社的领导处得很好,被推荐到一个中专学校学习了两年,毕业后就到了县委当打字员,然后就嫁给了县委组织部长的儿子,后来又到乡下去当乡长,然后调回县城当局长,后来就调到兔子皮加工厂当了一把手。前几年她可风光大了,去西欧下南洋,就像串门似的。咱们全县的老百姓都骂她,有人说她家里的钱多得都发了霉,每年夏天,都要雇人晒钱。工厂倒闭,工人叫苦连天,到县政府大院里去静坐示威,有一个愣头青还差点儿点火自焚。小马圈见事不好,背着一麻袋美元,一翅子飞到了加拿大,再也不回来了。听说她到加拿大不到半年就让人贩子卖给了一个爱斯基摩人,那麻袋美元也让人贩子给吞了。到了北冰洋,住在雪窝子里,学会了用牙咬皮子,生吃海豹肉,一窝生了四个小孩。一个黑色的,比墨汁还黑;一个红色的,比猪血还红;一个绿色的,比树叶子还绿;一个黄色的,比葵花还黄;还有一个蓝色的,比海水还要蓝。我问这个蓝色的是从哪里来的?你不是说四个吗?怎么又多出一个来?他笑着说,原来是四个,后来一想,那不成了四喜丸子了吗?索性再弄个出来吧,就成了五个啦。你如果嫌少,可以再让她生几个出来。我说五个已经不少了,不必再生了。嗨,他说,咱们到底是与她同学一场,听她落了个如此下场,心里头还怪不是个滋味。这些事不说也罢,说了就生气,就难过,就百感交集,屁用也不管,咱们是爱莫能助,鞭长莫及,就让她在北极圈里替爱斯基摩人繁殖后代去吧,咱们还是吃点喝点,干点现得利的事儿。

  他夹起一块猪皮冻,猪皮冻上有一根猪毛,很坚硬地在那里支棱着。他大声喊叫:老板,老板!老太太沾着两手白面从内室走出来,说:喊什么?他用筷子点着那根猪毛说:你看看,这是什么?老太太大睁着眼看了一会儿,说:不就是一根猪毛吗?你大惊小怪地叫唤什么?他说:你难道不知道?猪毛吃到肚子里会有生命危险?老太太说:十年前,我跟老头子吵架,一怒之下,吞了一个猪鬃刷子,我以为必死无疑,到头来不但没死了,还把胃溃疡给治好了!我被老太太给逗笑了,他也跟着我笑起来。他用筷子拨弄着那根猪毛,说:问题这不是根猪毛!老太太说不是猪毛是什么毛?他说我越看越觉着像一根人毛。老太太说你想在这里吃呢就给我闭上你的臭嘴,你不想吃呢就给我滚你妈的个蛋,老身今年一百五十多岁了,从慈禧老佛爷垂帘听政时就开饺子馆,还没碰上个像你这样的浑小子!一看老太太生了气，他马上就软了下来，满脸带着笑说，老人家老人家，小辈这是跟您闹着玩呢，您怎么能当真生气呢？我一看您就知道您不是个一般的人物，您包的饺子，如果我没猜错的话，想当年肯定送到宫里孝敬过老佛爷，老佛爷吃了连声说好，剩下两个舍不得扔，吩咐李莲英说：小李子，把这两个饺子给我送到皇上那里，让他趁着热乎赶紧吃了，这可是老虎肉的饺子，吃了壮阳，让皇上把阳壮得壮壮的，赶紧着给咱大清朝造出个太子来。李莲英一躬腰，说声喳，端着那两个老虎肉的饺子就往金銮殿跑去。老太太被捧得喜笑颜开，说这孩子真是聪明，俺这点家底子你怎么全都知道呢？他说，瞒了谁您也瞒不了我呀，您别看我破衣烂衫一身虱子，我可是个大学问，我在您的家门口转了三个月了，您家的事我全知道。您想想，我要是不知根知底，怎么敢进门就跟您要老虎肉的饺子？全中国敢卖老虎肉饺子的，也只有您这一家。他用筷子拨弄着猪皮冻上那根毛儿，说，看看，这是什么？是猪鬃吗？不是，是牛毛吗？不是，这是一根百分之百的虎须！接下来他就说起了虎须的神奇。

他说，要说虎须的神奇，咱还得从那年冬天我在朋友家吃了老虎肉的饺子那个茬口儿说起。吃了老虎肉，我浑身发热,兽性大发,为了不犯错误,只好砸开坚冰,跳到黑龙江里泡着,许多的人都来观看奇迹,除了中国人前来观看,连江对岸的俄罗斯人都来观看,其中还有一个骑着母老虎的俄罗斯姑娘,那姑娘美丽无比,天上地下都搜遍,也找不到第二个能跟她比美的。我身上的热量太大,把冰窝子里的江水烫得吱吱地响,一股股的蒸气直冲蓝天。电视台的记者们闻风赶来,扛着机器给我录像。报社的记者也来了不老少,他们用照相机,打着闪光灯,给我拍照,我不想拍也不行,索性就让他们拍个够。呼啦一张,呼啦又一张,记者们的闪光灯把我的眼睛都给照花了。为了保护眼睛,我就不去看他们的镜头,我看那俄罗斯姑娘,看老虎。那匹老虎老实极了,起初我怕它咬人,但很快就知道它绝不会吃我。它用大舌头舔着胡须,眼泪啪嗒啪嗒地往下流。它还伸出舌头舔我的脸,我想完了,腮帮子肯定没了,但事实上腮帮子一点也没少。老虎在亲我呢。我想了好久,终于明白,老虎原来是个瞎子,它嗅到了我身上的老虎味,就把我当成了它的老公。我起初吓得要死,后来感动得要命。我伸出手,摸着老虎的头,说:老虎,老虎,别哭,别哭,你那个丈夫,早就背叛了你,我们去老虎窝里打它时,它正跟一个母老虎在那里幽会,要不我们也不会开枪把它打死。它早就把你忘了,你为它把眼睛哭瞎实在是太不值得。老虎听了我的话,浑身打起了哆嗦,好像发起了疟疾,吓得那个俄罗斯少女呜呜地哭。但她哭也没用,那只老虎大叫一声,跳起来有三米多高,一头栽到冰上,抻了几下腿,死了。这一下人们根本就顾不上我啦,全部的镜头对着老虎去了。老虎嘴唇边上那根最长最粗最硬的胡须脱落下来,落在我眼前的冰上,眼见着就往下陷落,仿佛那胡须是一根烧红了的金条。我看着纳闷,灵机一动,就把它捡了起来,放在指头缝里夹着怕丢了,光着屁股也没有地方藏,索性就放到嘴里叼着吧,这一下可不得了了,这一下我看到世界上最奇特的情景,这情景我相信古往今来的人都没看见过,你猜猜我看见了什么奇景?

老头子端着一盘热气腾腾的饺子,从里屋里走出来。我说饺子来了,趁热吃。我们抄起筷子,准备吃饺子。饺子很白很胖,肚子都鼓得很大,散发着甜丝丝的面味儿和香喷喷的肉味儿,勾引得我们食欲大发。谁知道那老头子并没有把饺子放到我们的桌子上而是放在了一张空桌上。我说放这里呀,难道看不见我们坐在这里?老头子眯着眼看着我们,满脸都是大惑不解的表情。我们看着他自己坐在那张桌子旁边,把嘴边的胡子往两边分了分,然后也不用筷子,就用手指捏着饺子吃起来。我说这个老头子怎么这样,客人点的饺子,他自己先吃了起来。老太太端出一盆饺子汤,放到我们桌子上,说:你们不要急,先喝着汤等着,他吃完了剩下,你们再吃。我们心里很不高兴,与那老太太理论。马可说:天下哪有这样的道理?你们是开饺子馆的,我们是来吃饺子的,你们煮出饺子来,不给我们吃,自己先吃起来,你们在屋里偷偷地吃也罢了,你们不该拿到外边来当着我们的面吃!老太太说:你吵吵什么?这是我们店里的规矩,别说是你们这样两个草民,想当年袁世凯大总统来吃饺子,也得乖乖地遵守我们的店规。不愿遵守店规,就请你们滚蛋。我们老两口子合起来有三百岁了,什么事情我们没经过?什么人物我们没见过?到了我们这年纪,世界上已经没有什么能让我们害怕的事情了。老太太把饺子汤猛地放在我们面前,说:能喝上我的饺子汤也是你们这两个小畜生的造化!她举起一只枯藤老树的手,说:好好看看,这只手,伺候过老佛爷!我们仰望着她的手,心中惭愧,仿佛犯了严重的错误,不由自主地心平气和了。眼前的饺子汤散发着扑鼻的清香,我们用小勺子舀起汤,放到嘴边吹吹,然后吸了一小口,果然是皇帝家的饺子汤,味道就是不一样。我们俩用勺子喝不过瘾,端起汤盆,咕咚咕咚地往下灌,你争我抢,都生怕自己少喝了,转眼之间就把一盆饺子汤灌下去了。喝完了饺子汤我们就观看老头子吃饺子。我们俩合起来活了八十多岁,还是第一次看到过这样的吃饺子方法。就见那个久经沧桑的老头,用两根指头,夹起一个饺子,然后仰起脸,尖着嘴,小心翼翼地咬掉饺子的角儿,迅速地吐到桌子上,立即又仰起脸,让饺子里的油滴进嘴巴。等饺子里的油流干了,他就把饺子放回到盘子里,然后拿起下一个饺子,依然是咬去一角,吸干油水,放回盘子。他的这种古怪吃法,我们闻所未闻,见所未见。他一边这样糟蹋着这盘饺子,一边斜眼看着我们。他的脸上挂着冷冰冰的笑容,好像是蔑视我们,又好像故意气我们。饺子的美好气味,百爪挠心般地折磨着我们。我们想生气,但我们像两条扎破了的轮胎,无论如何也鼓不起来。我们对这对高深莫测的老夫妻心怀敬畏,连说话的声音都降低了。

马可低声说,如果我那根虎须不丢掉的话,我就会看到他们的本相,知道他们是什么东西变化成的。这个老头子,十有八九是一匹狼,而这个老太太,我敢肯定是只母熊。你仔细地看看他们,就会从他们的吃相上和他们的表情深处,看到熊和狼的姿态。你仔细地看看吧。我听了他的话，先是定眼看那老头子，果然从他的吃相上，看出了一张尖狭的、模模糊糊的狼脸。然后我又从老太太的脸上，看到了熊的模样。马可说，如果你有一根我曾经拥有过的虎须，你就能看到所有的人的本来面貌。接下来他就给我讲起了那根虎须的事情。他说话的声音很大，而且在说话的时候故意地盯着老头子和老太太的脸，好像是故意把话说给他们听似的。

他说：在黑龙江里，我把那根虎须叼在嘴里的一瞬间，就感觉到脑袋里嗡地响了一声，接下来耳朵里就像灌进了水似的，眼前出现了一副奇异的景象。我对你说过的，很多人来看我的抗寒表演，电视台的记者扛着摄影机来摄影，报社的记者背着照相机来拍照，大江两岸的老百姓坐着爬犁来看热闹。可当我把虎须叼在嘴里后，眼前一个人也没有了。我的眼前，全是畜生。我首先看到，老虎旁边那个美丽的俄罗斯少女，变成了一只金钱豹子，她的衣服遮不住身上那些斑点。我是从她的哭声和她的衣服上猜出了她是她，否则杀了我我也不相信这样一个美丽的女人竟然是只金钱豹子。那个扛着摄影机的电视台记者，是一匹白色的公马，旁边给他打下手的那个女孩，其实是只小母狗。她用两只前爪子拿着电线，跟在公马后边一路小跑的样子真是好看极了。那些报社记者，有的是兔子，有的是毛驴子，还有一个是一头圆滚滚的小猪。至于那些围观的群众，有的是牛，有的是马，有的是羊，还有一个是一只比磨盘还要大的乌龟。我几乎被吓昏了，以为自己的神经出了毛病，或者是我在做梦，一切都是梦境，连吃老虎肉泡冰窟窿都是梦的组成部分。我用手掐了一下自己的大腿，钻心儿痛，这说明我没有做梦。但也许这掐大腿这痛也都是梦境？我张口咬住了自己的中指，一直咬出了血，因为我的爷爷曾经告诉过我，如果碰到了什么邪魔鬼祟的事情，万般无奈了，可以把自己的中指咬破，他说男人的中指血具有很强的辟邪作用，比黑狗血的力量要大得多。我看着中指上的血洒在了冰上，但眼前的情景一点也没发生变化。那匹俄罗斯少女变成的金钱豹子停止了哭泣，趴在我的面前，伸出舌头，吧嗒吧嗒地舔着我手上的血迹。她的舌头上全是肉刺，每舔一下就像过电一样。吓得我三魂丢了两魂半，慌忙吐掉虎须，跳出冰窟窿，撒腿就跑。我赤身裸体地跑到江岸上，回头一看，那些野兽不见了，很多的人，站在江上哈哈大笑。我低头看看自己的样子，羞愧得要命。我没有勇气回到江上去拿我的衣裳，正好江岸上有一块破化肥袋子，急忙捡起来，遮住羞处，赤脚踩着厚厚的积雪，回到了战友的窝棚。我把江上的奇遇告诉战友,战友问:那根虎须呢?我说吐了。他懊恼地说:你这个笨蛋,到了手的宝贝,你怎么吐了呢?战友说,世世代代的猎人,做梦都想得到一根这样的虎须,但谁也没有得到。这样的虎须是无价之宝,跟深山老林里的能够变化人形的人参娃娃和大海里的夜明珠同样值钱,有了这样一根虎须,咱们哥俩这辈子就花天酒地地造吧!我说咱们去找回来就是,我知道把它吐到什么地方了。战友摇摇头,说:你把它吐出来,它马上就钻到地里去了,根本找不到的。战友给我讲了关于虎须的传说和知识。原来,像这种通灵的虎须,必须是吃了成精的老山参的老虎才有,而且只有一根,一千只老虎里,也不一定有一根这样的虎须。这样的老虎临死之前,那根通灵虎须就会自行脱落,落地之后,眨巴眼的工夫就会沉到黄泉,根本不可能得到。你今天之所以得到了,就因为那只老虎死在了冰上。它在冰上沉得慢,但现在也已经沉到江底了。我遗憾得直扇自己的嘴巴子,战友说,丢了也好,如果你真得了它,也是个麻烦。战友说,多少年来,只有一个山东人得过虎须,你这是第二次。战友说那个山东人得了虎须后,用一个玻璃瓶子装着回了老家。走到门前,他把虎须从瓶子里倒出来,叼在嘴里,进了院子,看到一只老狗正在用舌头舔锅,他由此知道自己的娘原来是一条狗变的。然后就看到一匹马扛着锄头走进院子,他知道那就是自己的爹。这个人一下子就看破了红尘,吐掉虎须,说:娘,你是一条狗;爹,你是一匹马。他的爹娘气坏了,老两口子去县城告了儿子忤逆。县官派差人拿他去县衙问话,发现他已经在梁头上吊死了。临死时他留下了一首诗:娘是老狗爹是马,豺狼狐狸坐县衙,只因得了老虎须,方知人间尽虚话。

老头子和老太太交换了一个神秘的眼神,然后老太太说:真看不出来,你小小年纪,还有这样的奇遇,我们老两口子合起来有三百岁了,仅仅也就是听过虎须的传说,你年纪轻轻的倒是亲历过了,不容易。老太太说,大清朝鼎盛时期,康熙皇帝曾经多次下令,让东北的猎户进贡虎须。如果有这样一根虎须,考察干部、任命官员,那就方便多了,谁是个什么变的一目了然,任命武将,就选那些老虎和豹子变的;任命文官,就选那些马和牛变的;任命治河的官员,就任命那些水族变的。但通灵虎须实在是太难得了,为此,东北的猎户不知有多少人葬身虎口,不知有多少人的屁股被地方官用板子给打烂。虽然他们每年都能进贡几十根虎须,但没有一根通灵的,最后连皇帝也丧失了信心,以为那不过是个美丽的传说。但事实上这种虎须是存在的，只不过轻易不出世罢了。你方才说的那个得了虎须的山东人，还是俺家的一个远房亲戚呢。老太太说，其实，孔夫子的后代不用虎须也能看到人的出身，不过他们轻易不用这种办法。说袁世凯担任山东巡抚的时候，不知天高地厚，竟然让衍圣公府里纳税。衍圣公生了气，就让仆人套上马车，把好朋友张天师请来。张天师来到了孔府，听衍圣公把袁世凯的无理行径一说，很生气，说：这家伙吃了豹子胆了？竟然把税征到了衍圣公头上，这不是自己找死吗？衍圣公您说吧，想让贫道怎么收拾他？如果让他死，咱马上就让他死。衍圣公是个善良的人，就说：他毕竟是朝廷的命官，封疆大吏，来到咱们山东，平了拳匪，灭了乱党，也算干了点好事，虽然冒犯了咱家，但罪不当诛，把他的本身拘出来，让我看看他是个什么东西变的，然后给他点小罪受受，煞煞他的威风。张天师说：好说，贫道这就做起法来。张天师披上道袍，散开头发，烧化了几道符箓，然后就仗着桃木剑，做起法来。过了一会儿，张天师对衍圣公说：贫道已经把袁世凯拘来了，请衍圣公随我前来观看。张天师把衍圣公领到一口大水缸前，说：衍圣公请看吧，袁世凯已经在缸里了。衍圣公往缸里一探头，看到缸里有一只呆头呆脑的大鳖。衍圣公笑道：想不到堂堂巡抚，竟然是个王八。张天师问衍圣公说：是不是让他长点记性？衍圣公点点头：也好，让他受点磨难，也有利于他今后的进步。张天师从怀里取出一根银针扎在了那只大鳖的头上，说：衍圣公，咱们喝酒去吧，让咱们的袁大巡抚慢慢地消受吧！不说衍圣公与张天师在宴会厅里如何推杯换盏，胡吃海塞，且说那袁世凯袁大人，正在衙门里批阅公文，脑袋突然就像用针扎着一样地痛。慌忙让人把医生请来，吃药扎针加按摩，那痛一点也没减轻，痛得袁大人在地上像毛驴子样的打滚，一边打滚一边叫哭连天，堂堂巡抚威风，丢到了九霄云外。后来实在痛急了，就把师爷请来，准备交代后事。师爷多半都是懂点邪门歪道的，说：大人，小人看起来，大人的病不是病，而是得罪了什么人啦！袁世凯强忍着疼痛思想着，说：本官来到山东，一心一意替朝廷办事，要说得罪，得罪也是那些拳匪乱党，难道是他们施法作祟？师爷道：那些东西，怎能算人？杀得越多，您的阴功越大。我的意思是说您是不是得罪了什么头面人物？老袁想了半天，也想不出得罪了什么头面人物，就说：师爷，我来到山东不到一年，办了些什么事您都知道，您就给我提个词吧。师爷道：小的斗胆认为，大人不该强行征收衍圣公府的税。袁世凯道：都是天子的臣民，他家凭什么就不交税？如果天下人跟他家学起来，那我们这些当官的喝风吃屁？再说了，本官头痛与圣人家交税有什么关系？一语未完，又一阵剧痛上来，老袁双手抱着头在地上打起滚，嘴里大声喊叫着：俺的个亲娘呀，把本官痛死了呀！师爷说：大人，圣人家不交税，这是老祖宗立下的规矩，我看咱们就萧规曹随，不必强出头充好汉了吧？老袁说：随你，随你，只要让我的头不痛，怎么着都行……师爷道：既然大人这样说了，那小的就放胆去办了。袁世凯道：快办快办，怎么着都行。师爷当时就让人准备了大量的金银财宝，绫罗绸缎，生猪活鸡，整牛囫囵羊，还有白菜粉条等等的礼物，用几十辆大车运载，组成了一个浩浩荡荡的送礼大军，敲锣打鼓吹喇叭，从济南向曲阜进发。到了衍圣公府，通报进去，衍圣公与张天师相对大笑。衍圣公说：老兄，把你的法术收了吧？张天师说：该让他多受一会儿，长点记性。衍圣公说：放了吧，放了吧，他也算一个难得的人才，大清朝眼下还要靠他出力，真要整死了，咱对上边也不好交代。张天师就对着那只在水缸里打滚的大鳖说：孽障，看在衍圣公的面子上，饶你一命！张天师口念咒语，把鳖头上的针起了。那大鳖在水缸里对着张天师和衍圣公连连点头。等到师爷回到济南，袁世凯已经好了，他把师爷让到内室，深深地作了一个揖，说：多谢老先生救命之恩！师爷连忙还礼，说：大人您千万别这样，小的福薄担不起这样的大礼，要说谢，应该谢衍圣公。袁世凯感叹道：我自以为手握重兵，足可以横行天下，没想到在山东栽了跟头！师爷道：连盛德齐天的康熙爷到了孔庙都要下马拜三拜，所以您在衍圣公手下受点委屈也算不了什么，而且小人相信，大人只要跟衍圣公搞好关系，只有好处，没有坏处。你想那袁世凯是何等聪明的人？从此之后，由巡抚大库开往衍圣公府的送礼车队，隔上个三天五日就要出发一次。没用两年，袁世凯就飞黄腾达，调到京城任职去了。

老太太越说离我们的虎须越远，不过听起来倒是蛮有意思。我童年时听老人讲古，说那袁世凯是个大鳖变的，他的衙门里安着很多巨大的水缸，缸里盛满清水，说袁大人办一会儿公就必须跳到水缸里去泡一会儿，可见即便已经转世为人了，鳖性还是难改。那时候还没有自来水，衙门里用水全靠人挑，袁世凯的衙门里用的挑水夫比别人要多好几倍。我长大后学历史，看到了一段史实，说袁世凯主政山东时，因为疯狂镇压义和团，激起了人民的不满，说巡抚衙门内的照壁上，让人画上了一只大鳖，旁边还题了一首诗：杀了圆圆鳖，我们好过节；杀了圆鳖蛋，我们好吃饭。这事把袁世凯吓得不轻，因为那个人能在警备森严的巡抚衙门里画图写字，说明那个人武功高强，胆量过人，如果他想取走袁世凯的头，大概也费不了多少工夫。我后来去过太湖，在鼋头渚那儿，突然明白了人们为什么硬说袁世凯是个大鳖变的。鼋者，袁也。

这时，老头子已经将那盘饺子的汁水儿全都吸尽了。他用那两只生满了鳞片儿的手，把桌子上的饺子角儿全都捧到了盘子里，与那些被咬去角儿的饺子混合在一起。这盘饺子除了没汁水儿什么都不缺了。他将盘子端到我们面前，面带着慈祥的笑容，不断地打着嗝，好像吃撑了。我心中充满了怒火，感到自己受到了巨大的侮辱。我双手扶着桌子边沿站起来，结结巴巴地说：你这是什么意思？你以为我们是叫花子吗？老太太冷笑着，说：年轻人，坐下，坐下，发那么大的火干什么？她的目光里似乎有一种很毒辣的物质，逼得我心中毛虚虚的。我不由自主地坐下，心中的火气正在熄灭，我莫名其妙地感到，自己理不直气也不壮，好像欠着他们一笔账。老太太说：你以为你们是什么大人物？你的出身难道比光绪皇帝还要高贵？光绪皇帝吃的饺子，也是我家老头子咬过的。连堂堂的皇帝都不嫌弃,你算个什么东西,竟敢跑到这里来拿大?告诉你,愿意吃,就抓紧了时间麻利地吃,不愿意吃,就结账给我走,别让我看到你,看到你我就心中气儿不顺。我还想争竞,马可拉拉我的衣角,说:伙计,别说了,坐下吃吧,人在屋檐下,不得不低头,识时务者为俊杰。他说着,就夹起一个破饺子,放进了口里。从饺子入了他的口那一霎,我就看到他的表情发生了很大的变化。他脸上的表情是惊喜,毫无疑问的惊喜,货真价实的惊喜。他顾不上理我,第一个破饺子还没咽下去,又把第二个饺子塞进了嘴里。他手里的筷子也扔了,用手抓着往嘴里塞。我怀疑地问他:好吃吗?他根本不理我,既不回答我的问话,眼睛也顾不上看我了。他把饺子一个接一个地往嘴里塞着,撑得两个腮帮子都鼓了起来。如果再过五分钟,他就会把盘子里的饺子全都吃光。而且分明有一股极其鲜美的气味钻进了我的喉咙和鼻子。我也顾不了那么多了,我跟马可都是农民子弟,既然他不嫌脏,我有什么理由嫌脏?既然他吃得那样子奋不顾身,我还假干净什么?吃这个狗娘养的,不吃白不吃。我捏起一个饺子塞进口里。吃完了第一个饺子,我就忘了虚荣,无怪乎人们常说,世界上的东西,好吃不如饺子。这是什么馅的呀？我坦率地说，这辈子我还真没吃过如此好吃的饺子。老太太说：你这个伴儿，不是想吃老虎肉吗？老虎肉弄不到，但我们昨天夜里抓了一个耗子，就剥了皮，剁成馅，让你们俩尝尝鲜。怎么样，味道不错吧？

我说：恶心死了，我要到工商局去告你们！老太太笑着说，去吧，告去吧，我们巴不得你去告，工商局局长是我的重孙子！

老太太和老头子相跟着进了内室，里边又传出噼噼啪啪的剁馅声。我气得直喘粗气，马可嘴里咀嚼着，说：伙计，忍了吧，既然工商局长是他的重孙子，咱们去告也告不出个好结果，没准打不到狐狸还弄一身臊气。再说，这饺子的味道的确很不一般，只要好吃，你管它什么肉干什么？耗子肉也不是毒药，广东人见了耗子眼睛就冒火星子，他们生吃耗子呢！我说，尽管这饺子味道的确不错，但我们并没有点耗子肉馅，他们未经我同意硬给上来了耗子肉，就是犯法！马可说：伙计，我发现你在城里住了几年，住出毛病来了。既然好吃，何必去管它什么肉？不管白猫黑猫，抓住耗子就是好猫。同理，不管什么馅，只要好吃就是好饺子！我说不行，我还是咽不下这口气！他说：你呀，你，坐下吧，听我给你讲一个故事，这故事可不是我的捏造，而是千真万确的真人真事儿,听完了故事,如果你还觉得有气,你如果要去告官,就去告好了,我决不拦着你,但现在你必须好好坐着,听我给你讲。

马可讲的故事我仿佛听人讲过,但年代久远,细节记不清楚了。马可说,民国初年,就算是1912年吧,一个名叫六十的男孩子十五岁了。他的爹六十岁时他的娘生了他。六十就是咱们邻村沙口子人,刚死了没有几年,你难道不记得他吗?六十很小时就把爹死了,母子两人相依为命,日子过得很艰难。穷人的孩子早当家,六十十四岁时就跟着村子里的人去南山地区做小买卖,到了十五岁时,就跑起了单帮。那次他去南山贩了一小推车棉布,推着往家走。走到半路上,内急,正好路边有一座小山般的坟墓,坟墓前竖着高大的石碑,石碑前有石人石马,墓后栽着十几棵松树,黑压压的,很是瘆人。他憋急了,顾不上多想,扔下小推车,跑到墓后匆匆下了载。正要提起裤子走人,被一个男人当场抓住。男人说:你这个小子吃了豹子胆了吗?竟敢在这里拉屎?你知道这是什么地方?这是举人老爷家的祖坟,风水好得很,你在这里拉屎玷污了风水,该当何罪?六十吓了个半死,连连求饶,说大叔大叔放了我吧,我再也不敢了。那人说你小子少废话吧,跟着我去见老爷吧。

六十挣扎着不去，但那男人手上劲头奇大无比，六十的挣扎毫无意义。男人拖着六十去向墓地主人邀功，墓地主人是本地最大的财主，仪表堂堂，气度不凡，咱们村许多老人都见过他。财主听了报告很生气，就带上家丁，家丁扛着大枪，把六十拉回墓地。财主对六十说，本来应该枪毙了你，看你年轻，暂且饶你一条小命，但你必须把你拉出来的吃了。六十不想吃，不吃就打，用枪托子捣屁股，用枪筒子撅肋巴骨，那痛劲儿不是人能忍受的。六十无奈，一狠心，就吃了。这耻辱刻在了他的骨头上，他没跟母亲说，怕惹她伤心。但南山是不去了，改去北山，北山产一种锋利的匕首，六十就买了一把，准备复仇。他坚信两座山不可能碰面，但两个人很可能碰面。这一天果然来了。我们村逢五排十赶大集，这你知道。有一天，六十正在集上卖虾酱，突然看到那个大财主被人前呼后拥着来了。真是仇人相见，分外眼红，六十感到自己的身体在止不住地发抖，热血一股股地直往脑袋上冲。他很想立即扑上去，用牙齿咬断仇人的喉咙，但财主带着四个保镖，一个个都是彪形大汉，急切难以下手。他回了家，找出那把匕首，放到磨刀石上磨。他的娘问他，孩子，你磨刀干什么？六十就把事情的原委说了一遍。母亲沉思良久，问，儿啊，你打算怎么处理这件事？六十说，奇耻大辱，深仇大恨，如果不报，枉为男儿。母亲说，儿啊，你听我说，如果你硬要去寻仇，就先把为娘杀了吧。六十道，母亲何出此言？母亲道，儿啊，你想想，但凡这样的大财主的保镖，必定都是武艺高强之人，他们看起来是赤手空拳，但身上肯定藏有利器，不是刀，就是枪，即便他们赤手空拳，你一个小孩子，也不是他们的对手。即便你勉强得手，杀了你的仇人，你也死定了。你如果死了，娘活着也就没有了任何意义，所以，在你出发之前，娘不如先死，也好免你挂念。六十听了娘一席话，进退两难，拿不定主意。他的娘说，儿子，不知道你愿意不愿意听娘的指挥？六十说，愿意听母亲指挥。母亲就说，你先把那把刀子给我，然后换上新衣，到集上去见到财主，请他来家吃饭，如果他问你是谁，你就说是奉了母亲之命前来相请。你只负责把他请回家，剩下的事就不用你管了。六十说，那好吧，反正我连屎都吃过了，还有什么耻辱不能忍受呢？娘，您在家等着，我这就去请他。六十到了集上，见了财主，一躬到地，口称恩公，说小人受母亲之命，前来请恩公去家中小坐。那财主翻着眼皮想了半天也想不起这个彬彬有礼的年轻人是谁。就问：你是谁？我不认识你。六十道：恩公不认识我，但我认识恩公,请恩公到寒舍一坐,喝杯清茶。当着许多人的面被人称为恩公,是一件得意的事情,财主不由得满心欢喜,说:好吧,你前头带路吧。六十把财主带回家,那四个保镖站在大门口两个,站在院子里两个,悠悠逛逛,警惕性很低。六十的母亲见了财主,双膝一屈下了跪,下了跪就磕头,说多谢恩公救我儿子一命,请受老身三跪九叩首。把个财主弄得不知云里雾里,慌忙拉起六十娘,说:老人家,我与你们家素不相识,无故受此大礼,于心不安,请老人家把这个闷葫芦破开,免得在下着急。六十娘道:急什么?请恩公先上炕坐着,等老身杀鸡宰鹅,侍候恩公吃饭。财主道:您不把话说清楚,我是不会上炕的。六十娘道:既然如此,我儿,你就把恩公对你的恩德说说清楚吧!六十未曾开口,眼睛里先喷出火来,但他强压怒火,故意用轻松愉快的口气说:恩公难道忘了吗?五年前的春天,四月初八日,我十五岁时,去南山贩了一车白棉布,走到您家祖坟,实在拿捏不住了,在那里拉了一泡屎……财主的脸色突变,似乎有夺门而出的意图。六十娘说:恩公不必害怕,我儿子这五年里走遍天下拜师学艺,练出了一手飞刀绝技,天上飞着一只燕子,他一扬手,那燕子就掉下来了。他如果想取您的性命,您已经死在大集上两个时辰了。六十娘接着就把那柄闪闪发光的匕首从怀里摸出来，冷汗涔涔从财主的头上流下。六十娘一扬手，把匕首钉在了梁头上，她的动作刚健有力，与她的年龄极不相称，一看就是个会家子。她的动作不但让财主大吃一惊，连六十也吃了一惊。六十后来对他的后代说，真是真人不露相，露相不真人，我跟你奶奶生活了几十年，还不知道她有一身好功夫。财主原本还存在侥幸之心，想打个暗号把外边的保镖叫进来，一看到六十娘的出手，他就明白该怎么做了。他将衣袖一甩，跪在了六十和他娘的面前，说：老夫人，大公子，在下一时糊涂，犯下了不可饶恕的罪过，今日落在了你们手里，要杀要砍悉听尊便！六十娘上前把财主拉起来，说：恩公快快起来，过去的事儿何必再提？财主拱手道：多谢老夫人不杀之恩，在下可否告辞？六十急巴巴地看着他娘，说：不能放他走！他娘却说：我儿，送恩公出去吧！财主到了院子里，道：老夫人，大少爷，后会有期！财主走了，六十对母亲很不满，对财主更不满。他娘笑道：孩子，用不了十天，他还会回来的。果然如六十娘所言，只隔了五天，到了下次赶集的时候，财主亲自赶着大车，将亲生女儿送来了。在他的马车后，运送嫁妆的大车排出了半里路长。就这样六十成了财主的女婿，也成了村子里的首富。

这时老头和老太太从屋子里各端着一盘饺子出来，老太太喜笑颜开地对马可说：年轻人，你讲的故事很好，你讲的故事起码告诉了人们两个道理，第一个道理是说人应该宽容，不能冤冤相报；第二个道理是说能忍者必有福。你们能把老头子咬了角的饺子吃下去，说明你们俩都具有英雄气质，而且比较善良宽厚。我们俩包了一辈子饺子，积累了丰富的经验，无论是在和面上还是在调馅子上，都有绝招，你们俩刚才吃的饺子味道怎么样？我与马可交换了一个眼色，承认尽管饺子让老头子把汁水吸了但还是鲜美无比，还是我们生平吃过的最好的饺子。老太太说：我才刚说这饺子是耗子肉馅，其实是在骗你们。你们想想看，我们俩到哪里去弄耗子肉？我们用的根本就不是肉，我们用的是豆腐，我们能把豆腐做出比肉还鲜美的味道，我们还可以把红萝卜做出大虾的味道，还可以把白萝卜做出黄花鱼的味道。未来的世纪人们越来越想吃肉但越来越不敢吃肉，全世界都在提倡素食和减肥，人的食肉欲望与人的健康理想形成了尖锐的矛盾，这个矛盾虽然比不上世界大战激烈，但这对矛盾深入千家万户，让多少亿人痛苦不堪。我们老两口就掌握着解决这个世界性难题的金钥匙，但苦于找不到一个忠厚可信的人继承我们的绝活。我们俩合起来有三百多岁了，昨天我掐指一算，知道今天就是我们坐化的日子，眼见着这绝技就要被我们带进坟墓时，老天爷让你们这两个好人出现了。老太太把手伸到老头子的怀里，扯出了一本用宣纸线装起来的大本子，说：我们俩毕生的心血就凝聚在这个本子上了，小子，你千万可别辜负了我们。

马可看看我，我看看马可，我感到这事情似曾相识，但我不知道见多识广的马可怎么想。老太太摇摇头，说，看样子你们不感兴趣，没关系，别勉强，我们不会强逼着你们接受，婚姻自主，恋爱自由，别看我们年纪很大，但我们对现在的事情很了解，我们的头脑一点也不僵化，我们知道现在赚钱的门路很多，稍有点本事的人，谁也不会开个饺子馆。你们化装成叫花子去要钱，也比包饺子赚钱多；你们化装成和尚去化缘，也比包饺子挣钱多；如果你们能当个小官，更没有必要开饺子馆。她长叹一声，说，老头子，点火把它烧了吧！老头子用悲伤的眼神看了我们一眼，从怀里摸出火柴，想划着火，但火柴受了潮，一根接一根地划，总也划不着。终于划着了，小小的黄色火苗子触到了那本秘籍的边缘，眼见着就要燃烧起来了。这时，不知是什么念头鼓舞着我从座位上蹦起来，将那本发黄的秘籍从老太太手里夺了出来。几乎是与此同时，马可扑跪在了老太太面前，磕了一个响头，说：师父师母，请受弟子一拜！

我把秘籍还给老太太，老太太把秘籍递给老头，腾出手把马可拉起来。她说，孩子，起来，坐下，听我给你讲讲这本秘籍的来历。她说这本秘籍是一个宫里的太监传出来的，那个太监是御膳房的，因为失手打破了皇帝的玻璃碗，自知死罪难免，趁夜从阴沟钻了出来。那时我们俩还没开饺子馆，我们做豆腐谋生。太监溜到我们家，跪下求我们救他一命。他是我们老家人，说起来还有点瓜蔓亲戚，就决定冒着杀头的罪救他。我们用胶水给他沾上了假胡子，给他换上了一套破衣服，给了他一副卖豆腐的挑子，还灌了他一大碗辣椒水弄哑了他的嗓子。他很感动，从怀里摸出了这本秘籍，说，大哥大嫂，救命之恩，无以为报，这本秘籍上记载着御膳房饺子的三十八种配方，对你们也许有用，也许没用，如果有用，过几年你们就开家饺子馆吧，如果没用，就放到锅灶里烧了算了。我们怎么好意思要他的东西？劝他自己带回去。他说即便能安全出逃，也不会开饺子馆，找个地方隐姓埋名，了此残生吧。说完了秘籍的来历，老头说，青年，你们吃吧，吃完了饺子就走，不要管我们，我们俩练过气功，坐化后尸身不会腐烂，到时候就会有人给我们收尸，你们千万别来掺和。他把秘籍扔在了我们面前，态度极其轻率，简直就像扔一只破袜子。然后他们就相伴进了内室。

我从桌子上捡起那本秘籍，小心翼翼地翻看着。纸页间粘连得很严重，好像一摞放在汤里浸泡后又晒干了的饼。我看到那些发了霉的纸上划着一些奇怪的符号，好像老道士的符咒。我基本上认为这对老夫妻是在故弄玄虚，现在故弄玄虚的人越来越多，经常有人说自己发现了什么秘籍或是什么古典，其目的多数是为了骗财。我当然不会把我的真实想法说出来，我想就让马可这个糊涂虫怀着梦想离开吧，一个怀揣秘籍的人最想的大概就是找一个没人的地方仔细地欣赏宝贝。我把秘籍递给马可，伪装出一脸神圣，说你好好收起来吧。他大咧咧地说，拌饺子馅的书也算秘籍，那这个世界上秘籍就太多了。我说据我看来这绝对不是一本拌饺子馅的书，很可能是藏宝图之类的，你还是拿回去好好研究吧。他说，我拿着没用，你知道我文化水平不高，我知道你文化水平很高，所以还是你拿着吧，你研究出什么成果，发了大财，分给我几个花花就行了。我说那可不行，你可是给人家磕了响头认了师父的，你如果不接受，于情于理都不合。他说，如果真是什么好东西，你能舍得给我？你那点小心眼子如何能蒙了我？你以为我只是在这里低着头吃饺子？其实我一直用眼睛的余光在观察你的脸色，你嘴唇边上的那两道斜纹把你心里的想法全都告诉了我。你们城里人全都是小聪明，你们精明的不聪明，聪明的不高明，高明的不英明，英明的不圣明，圣明的不会装糊涂，而我们全都是揣着明白装糊涂，现在许多大人物喜欢在墙上挂一副郑板桥的字画：难得糊涂。你原本就是个糊涂虫，还怎么个糊涂法？我的祖上在潍县开过狗肉馆子，郑板桥在那里当县令时，用不了三天就要到我家的狗肉馆子里去吃一次狗肉，到了寒冬腊月下雪天，交通不便，他几乎就把我家的狗肉馆子当成了他的家，他一边吃狗肉喝黄酒，一边画画写字。他那笔歪三扭四的怪字，就是在我们家的狗肉馆子里发明出来的。他原来最不会画的就是竹子，他尤其画不好竹叶，他后来学会了画竹子并且成了画竹名家，也是在我家狗肉铺子里学会的。那是个小雪过后的早晨，我家的几只鸡在狗肉店院子里散步，鸡的脚印清晰地印在雪地上。郑板桥正好为画不好竹叶烦恼，到院子里转圈圈，看到那些散步的鸡留在雪地上的脚印，突然心有所悟，蹲在地上，认真观看，然后他就跑回屋子，找到我祖上的小老婆，让她吩咐伙计，赶紧帮他抓只鸡。伙计抓来了鸡，郑板桥将鸡爪子按在砚台上，然后让那鸡在铺开的宣纸上乱跑，他画了些竹节将那些鸡爪印联结起来，一副既栩栩如生又抽象写意的墨竹就这样产生了。从此郑板桥就成了画竹的名家。他为此还写了一首诗：四十年来画竹枝，日间挥写夜间思，突然打破闷葫芦，全赖雪地一群鸡。我的老老老老爷爷有一个长得很好看的小老婆在狗肉馆子里当垆卖酒，把锅卖肉，与郑板桥眉来眼去，最终发展成了男女关系，店里的伙计全知道，就瞒着我老老老老爷爷一个人。后来我这个老老老老小奶奶生了一个男孩，越长越像郑板桥，有人在我的老老老老爷爷面前说三道四，我的老老老老爷爷就说：糊涂事糊涂了吧！郑板桥听了我的老老老老爷爷的话，感叹不已，当下就挥笔写了"难得糊涂"四个大字，让人做成了金字匾额，送到我家狗肉馆子挂起来。这件事我一直没对任何人说过，因为我们这一支就是老老老老小奶奶与郑板桥所生那个男孩的后代，所以我其实是郑板桥的第十代孙，我们是真正的书香门第，名人苗裔，你别看我衣衫褴褛，但我们祖上曾经富过，你别看我胸无点墨，但我们祖上学富五车，我们祖上是康熙举人，乾隆进士，你不要拿着豆包不当干粮。

我说我原来就没把你不当干粮，现在我知道了您是郑板桥先生的第十代孙后就更不敢把您不当干粮了，而且您也不是豆包，您最起码是馒头，或者是大饼，很可能还是压缩饼干，吃一块三天不饿。您既然不要这本秘籍，那我可就收起来了。他说别别别，伙计，既然是我磕了头认了师父，这东西自然是我的，是我的就是我的，你收留就是不对的。我将那个破本子放在他的手里，说，收好了，别让什么武林高手抢了去，抢了秘籍去事小，抢了你的小命去我会很难过的。他眼圈红红地说，我死了你会替我难过？真的吗？你不是骗我吧？但是你为什么会为了我的死难过呢？人们会为了一匹小狗小猫的死而难过，但绝不会为了一个人的死难过，除非这个人是他的亲人，是他的亲人也不一定难过。你可能不知道，最近几年内，咱们那里，连续发生了许多起杀人案件，有儿子杀了爹娘的，有爹娘杀了儿子的，有妻子杀了丈夫的，有丈夫杀了妻子的，有哥哥杀了弟弟的，也有弟弟杀了哥哥的，有姐夫杀了小舅子的，也有小舅子杀了姐夫的，杀红了眼了，杀乱了套了。你可不要以为这些杀人的和被杀的都是愚昧无知的农民，恰好相反，杀人的和被杀的百分之九十九的都是县里和市里的干部。知道他们为什么这样互相残杀吗？你想象不出来，我敢用我的脑袋打赌，你如果能想象出来我就把这颗脑袋割给你，你愿意把它当猪头煮着吃了可以，把它当尿壶可以，把它当成一个球在地上踢来踢去也可以。我说你就别卖关子了，我想象不出来，即便我能想象出来，难道我能忍心割你的头？所以你还是把谜底告诉我算了。他说，好吧，我告诉你，但你不要对别人说，对你老婆也别说，有多少英雄好汉，就因为把自己的秘密告诉了老婆，结果遭到了杀身之祸。你听说过刘黑虎的故事吧？看你这副傻呆呆的样子我就知道你没听过刘黑虎的故事，那么就让我先把刘黑虎的故事讲给你听听，也算是我把秘密告诉你之前对你进行一次保密教育。

他说刘黑虎是他家的老亲戚，曾经跟着韦小宝大元帅远征过俄罗斯，立下过赫赫战功，康熙皇帝赏给他一个小老婆。皇帝赏的老婆，模样当然不会差，刘黑虎也稀罕她，走到哪里就把她带到哪里，上战场打仗也带着。刘黑虎善使铁鞭，一根大的，一根小的。那根小的曾经在市博物馆展览过，有一把粗细，一人多高，重达一百三十斤，那杆大的有多大就不知道了。说刘黑虎打仗有个习惯，刚开始肯定先用那杆小的，等战上一百个回合，敌人累得气喘吁吁时，他却来了劲头，打马回去，换上了那杆大鞭，耍得比那杆小鞭还快，敌人以为他有天神相助，多数都给吓退了。就靠着这一招，他打了许多胜仗。有一个俄罗斯大将很有心眼，他有科学头脑，不迷信，就用重金把刘黑虎的小老婆收买了，让她帮助探听刘黑虎越战越有劲的秘密。有天夜里，小老婆先陪着刘黑虎睡了一觉，然后陪着刘黑虎喝酒，把刘黑虎灌得迷迷糊糊，她就问：夫君，你为什么先用小鞭，然后反而用起了大鞭？刘黑虎低声说：亲爱的，我是骗他们的，等我换上大鞭时，我其实已经没有劲了，那杆大鞭，其实是个空心的，连小鞭的一半分量都不到。这事对谁都不要说，如果你对别人说了，传到敌人耳朵里，我的小命就完了。那个小老婆内心里斗争了半天，最后还是对人说了。等到下次作战，刘黑虎累了，就虚张声势地大叫：小的们，帮我把大鞭抬上来！等他拿起了大鞭，敌人一拥而上，轻松地就把刘黑虎给斩了。你现在明白了吧？女人，哪怕是自己的老婆，也不能告诉她你的秘密。

他说，对你进行了保密教育，现在，我就可以把秘密告诉你了。咱们县出了几十桩连环命案，而且大都是亲人杀亲人，其原因就是为了争夺一本秘籍，这本秘籍是一对开饺子馆的老夫妻传下来的，他们俩的年龄加起来大约有三百岁，他们曾经救过一个从宫里逃出来的太监,太监为了感谢他们,就把一本秘籍送给了他们。那本秘籍是用宣纸线装的,里边画着一些古怪的线条,不懂行的人根本看不出什么名堂,其实这是一张藏宝图。你一定想问藏的是什么宝,我告诉你。他压低了嗓门,把嘴巴靠近了我的耳朵,说:这宝贝用四个盒子套着,最外边的是一个檀木盒子,第二层是青铜盒子,第三层是白银盒子,第四层是一个黄金盒子,黄金盒子里有一个琉璃瓶,瓶子里盛着一根通灵虎须。

(一九九九年)

# 变

〔2005年1月,女儿笑笑陪我去意大利乌迪内领取NONINO国际文学奖。期间,结识了印度加尔各答一家出版社的编辑Naveen Kishore。女儿与他用英文交谈,我坐在旁边看他。这是一个面部轮廓极为鲜明、沉默寡言的黑皮中年男子。穿一身黑色制服,披一件黑色风衣,提一架看上去十分沉重的黑色照相机。风衣的领袖、皮鞋的帮沿、相机的边角,都磨得发了白。我请他吃了一盘面条,他给我拍了一张照片。当时互留了电子信箱和通信地址,但分手之后,也就基本上把他忘记了。今年年初,突然收到他的邮件,说希望我能给他们出版社写一篇描述三十年来中

国所发生的巨大变化的文章,我感到这个题目太过宽泛,自己难以胜任,便婉辞了。但架不住他一再来信劝说,最后竟允许我"想怎么写就怎么写,想写什么就写什么",这样,就没有理由拒绝了。拿起笔来才知道,我不可能"想怎么写就怎么写",也不可能"想写什么就写什么"。拿起笔来才知道,他给我的题目,还牢牢地约束着我。他还发来了当年为我拍的那张照片,附着在邮件上,黑白的,有些酷。我这样的脸他竟然能拍出酷的感觉,可见是个高手。〕

一

按说我要写的,应该是发生在 1979 年之后的事情,但我的思绪,却总是越过界限,到达 1969 年秋天那个阳光明媚、菊花金黄、大雁南飞的下午。至此,我的回忆便与我混为一体。我的记忆,也就是当时的我,一个被赶出学校的孤独男童,被校园内的喧哗吸引,怯生生地溜进无人看管的大门,穿过一条长长的幽暗走廊,进入学校的核心地带:一个被四面房屋包围成的院子。院子的左边竖着一根柞木杆子,杆子顶端用铁丝捆扎着一根横木，横木上悬挂着一口红锈斑斑的铁钟。院子的右边有一个用砖头和水泥建成的简易乒乓球台，一群人正围着那球台，看两个人比赛。喧哗声由此发出。此时正是乡村学校放秋假的时间，围桌观球的大都是教师，学生只有几个漂亮的女生。她们是学校重点培养的乒乓球选手，准备在国庆节期间去县里参加比赛，所以不放假，在校练习球艺。她们都是国营农场里干部家的孩子，因为营养充足，发育良好，皮肤白皙，再加家庭富裕，衣着鲜艳，一看便知，与我们这些穷小子不是一个阶级的人。我们仰望着她们，但她们正眼都不瞧我们。正在打球的两个人，一个是曾经教过我数学的刘老师，本名叫刘天光。此人个头矮小，但嘴巴奇大。据说他可以将自己的拳头塞进自己的口腔，但他从没在我们面前表演过这绝活。我脑海里经常浮现出他在讲台上打哈欠的情景，那张嘴完全咧开，确实是壮观景象。他有一个外号叫"河马"，我们谁也没见过河马，蛤蟆也有一张大嘴，且"蛤蟆"与"河马"发音相似，于是"刘河马"就顺理成章地变成了"刘蛤蟆"。这本来不是我的发明，但查来查去，竟然查到了我的头上。刘蛤蟆是烈士的儿子，又是校革委会副主任，为他起外号，自然是一项大罪。我被开除学籍，轰出校门，也就非常必然了。

我这人从小就贱,从小就倒霉,从小就善于将事情弄巧成拙。我经常将明明是拍老师马屁的行为,搞得老师误以为我要陷害他。我母亲曾多次感叹地说:"儿啊!你是猫头鹰报喜,坏了名头!"是的,从来就没人将好事与我联系在一起,但凡是坏事,总说是我干的。好多人以为我脑后有反骨、思想品质差,既仇恨学校、又仇恨老师,这是误解百分百。其实,我对学校感情深厚,对刘大嘴老师,更有着特殊的感情。因为我也是一个大嘴巴的儿童。我写过一篇题为《大嘴》的小说,里边那个男孩,就是以我自己为模。我与刘大嘴老师,其实是难兄难弟。我们本该惺惺相惜,或曰同病相怜。我给谁起外号也不能给他起外号啊。这道理明摆在眼前,但刘老师就是不明白。他揪着我的头发将我揪到他的办公室,一脚将我踢倒在地时说的第一句话就是:

你……你……老鸦笑话猪黑!也不撒泡尿自己照照,看看你那张樱桃小嘴!

我想对刘老师解释,但他根本不容我解释,就这样,一个本来对刘大嘴老师怀有亲密感情的好孩子——莫大嘴——就这样被开除了。我的贱就表现在,明明我被刘老师当着学校全体师生的面宣布开除,但我依然爱着我的学校,我每天总是背着那个破书包找机会溜进学校——起初刘老师亲自往外赶我,赶我我不走,他就拧着我的耳朵或者揪着我的头发往外拖我,但不等他回到办公室,我又溜了进去。后来他就支派几个身高体壮的学生往外轰我,轰我我不走,他们就拧着我的胳膊搬着我的腿把我抬出校门,扔到大街上。但没等他们回教室坐定,我又出现在校园内了。我总是蜷缩在一个墙角里,身体尽量地萎缩,为的是不引起别人注意,为的是博得众人的同情。我在校园里,听他们的欢声笑语,看他们的蹦蹦跳跳。我最喜欢观看的还是乒乓球比赛,看到入迷时,眼睛里常常噙着泪水,嘴巴常常啃咬着自己的拳头。——后来,他们也懒得往外轰我了。

现在,四十年前的那个秋天的下午,我倚着墙角,看到刘蛤蟆老师挥舞着他自制的那个大于常规,形状如同一把军用铁锹的球拍,与曾经是我同班同桌的女同学鲁文莉对阵。鲁文莉其实也是一个大嘴巴的女孩,但她的嘴大得比较合适,不似我与刘老师这般夸张。即使在那个不以大嘴为美的年代里,她也算得上一个小小的美人。何况她的父亲是国营农场的汽车司机,开着一辆苏联制造的嘎斯51,风驰电掣,威风凛凛。那年头的汽车司机,是一个高贵的职业。我们的班主任老师曾出过一个题目《我的理想》，让我们作文，有一半的男生想做司机。我们班那个个头最高，身体最壮，满脸粉刺，唇上有胡须，看上去足有二十五岁的何志武干脆在文章里写道：我没有别的理想——我只有一个理想——我的理想就是做鲁文莉的爸爸。张老师喜欢将他认为最好的文章和最差的文章在课堂上朗读。朗读前他不报作者的姓名，朗读完让大家猜。在那个年代里，在乡下讲普通话是要被人嗤笑的，即使在学校里也不例外。我们这位张老师是我们学校里唯一一位敢用普通话讲课的人。他是师范学校毕业生，年纪大约二十岁出头吧。他的脸很瘦很长很白，留着一个偏分头，穿着洗得发了白的蓝华达呢军便装褂子。衣领上别着两颗曲别针，胳膊上戴着一副深蓝色套袖。他一定还穿过别的颜色、别的样式的服装，他不可能一年四季都穿这件衣裳，但在我的记忆里他的形象是与这件衣裳联系在一起的。我总是先想到他胳膊上的套袖和衣领上的别针，然后想到他的褂子，然后才能想到他的脸，他的五官，他的声音，他的表情。如果不遵循这样的顺序，张老师的模样，我是永远也忆不起来的。当时的张老师，用八十年代的话说是"奶油小生"，用九十年代的话说是"靓仔"，用现在的话说是不是"帅哥"？——也许还有更时尚的更流行的对于英俊少年的称谓，等我向邻居家的小女孩咨询一下再来确定吧。何志武看起来比张老师老多了。说他是张老师的爹那是夸张了一点，但说他是张老师的叔叔则没人怀疑。我记得张老师用一种夸张的、讥讽的语调朗读何志武那篇作文时的情景：我没有别的理想——我只有一个理想——我的理想是做鲁文莉的爸爸——短暂的沉闷之后是哄堂大笑。何志武这篇作文只有这三句话。张老师捏着作文簿的一角抖搂着——似乎要抖出其中的夹带。天才啊，真是天才！张老师说，大家猜猜看，这是哪位天才的作品？没人猜得出，我们左顾右盼，左顾右盼后便扭头向后看，寻找这位天才的作者。大家的视线很快集中到何志武的脸上。他个头最大，力气最大，好欺负同桌，所以张老师将他安排在教室最后边，让他单独一桌。他的脸在全班同学的注视下，似乎有点发红，但仔细一看也没有怎么红。他的表情似乎有点窘，但仔细一看也没怎么窘。他甚至有几分得意呢，因为他脸上出现了一个傻乎乎的，带着恶作剧的，几分油滑的笑容。他的上唇比较短，一笑即露出上牙，紫色的牙床黄色的牙，两颗门牙之间有一个缝隙。他的绝活是从这道牙缝里往外喷吐小泡泡，一个个小泡泡，在他面前飘着，很有诱惑力。他又开始吐泡泡了。张老师将他的作文本像飞碟一样抛过去,作文簿中途坠落在杜宝花的面前——她可是好学生——她捏起簿子,厌恶地往后撇去。张老师问:何志武,你说说,为什么要做鲁文莉的爸爸。何志武继续吐泡泡。站起来!张老师大喊。何志武站起来,一副傲慢的、满不在乎的神情。说!为什么要做鲁文莉的爸爸?——又是一阵哄堂大笑。在我们的哄堂大笑中,与我同桌的鲁文莉,竟趴在课桌上,呜呜地哭起来。——我至今也不明白,她为什么要哭。——何志武依然不回答张老师的问题,脸上的表情更加傲慢。鲁文莉的哭,使这本来很简单的事情变得复杂起来,何志武的态度也让张老师的师道尊严受到了挑战。我猜想,如果预料到事情会发展到这种地步,张老师是不会当众朗读何文的,但开弓没有回头箭,他只好硬着头皮说:

你给我滚出去!

我们的天才同学何志武,比我们的老师个头还高的何志武将书包往怀里一抱,当真躺在了地上,团起身体,沿着两排课桌之间那条宽约一米的空隙,往外滚去。我们的笑声刚出喉咙便憋了回去,因为教室里的气氛很严肃,不适合发出笑声。教室里严肃的气氛是由老师气得煞白的脸和鲁文莉断断续续的哭声造成的。何志武的团身滚动并不顺遂,因为在滚动中他无法辨别方向而不时碰撞到桌子腿和板凳腿。一旦发生碰撞他就要调整方向。我们教室的地面虽是用青砖铺过的,但青砖上因沾满了我们的脚带进来的泥土而凹凸不平。设身处地地为何志武想,他的滚动是很不舒服的。但更不舒服的是张老师。何志武的不舒服是肉体的,张老师的不舒服是心灵的。用肉体的自虐惩罚他人,是一种流氓行为,英雄不为也。但能做出这样的行为者,也往往不是一般的小流氓。大流氓往往带有三分英雄气概,而大英雄也往往具有三分流氓气。何志武是个大流氓呢还是个大英雄?得得得,我也搞不清楚,反正他是本文的主要角色,他到底是个什么人,将由读者判定。他就这样滚出了教室。他站起来,浑身沾满泥土,头也不回地走了。张老师喊:你给我站住!但何志武头也不回地走了。外面阳光很耀眼,有两只喜鹊在我们教室前那棵杨树上喳喳地叫。我感到何志武身上焕发出一道道金光,不知道别人如何想,反正在那一刻,在我心目中,何志武,已经是个英雄了。他往前走,大踏步地、义无反顾地走。有一些大大小小的纸屑从他的手中飞起来,飘飘摇摇,降落尘埃。我不知道别人,反正在那一刻,我的心兴奋得怦怦狂跳。他把课本撕碎了!把作业簿撕碎了!他与学校彻底决裂了。学校被他抛到了脑后，老师也被他踩在了脚下。他就像一只鸟飞出了笼子。他自由了。学校的清规戒律再也管不着他了。而我们，还得继续忍受老师的约束。事情的复杂就在于，当何志武滚出教室，撕书与学校决裂时，我从心眼里敬佩他，幻想着有朝一日自己也能做出如此的壮举。但当此后不久刘大嘴老师将我开除时，我心中的痛苦又是那样沉重，我对学校的眷恋又是那样千丝万缕，牵肠挂肚。谁是英雄谁是懦夫，通过这件小事表露无遗。

何志武已经扬长而去，鲁文莉还在哭泣。张老师以明显的不耐烦口吻说：行啦行啦。何志武的意思是想做一个像你爸爸那样的汽车司机，而不是真的要做你的爸爸。再说，他即使真想做你的爸爸，难道他就成为你爸爸了吗？张老师说完了这些话，鲁文莉抬起头，摸出一条花手绢，擦擦眼，不哭了。她的眼睛很大，双眼间距较宽，当她直着眼看人时，显得有几分傻不楞登。

为什么鲁文莉的爸爸会成为我们的理想？因为速度。男孩子都是速度的崇拜者。我们在家吃饭时，听到汽车引擎的声音，就会扔下饭碗跑到胡同口，看着鲁文莉的爸爸驾驶着那辆草绿色的嘎斯51从村东头或是村西头疾驰而来。那些正在尘土中刨食的鸡被惊吓得飞腾起来，那些正在街头悠闲漫步的狗也连忙跳进了街边的沟渠。简单点说，就是：汽车一到，鸡飞狗跳。尽管发生过好几起轧死鸡撞死狗的事故，但鲁文莉爸爸的汽车速度不减。鸡的主人和狗的主人默默地将鸡的尸体或狗的尸体提回或拖回家去，没人提抗议，也没人找鲁文莉爸爸的麻烦。汽车就是这么快，不这么快就不是汽车了。只有鸡狗避汽车，哪有汽车避鸡狗？那是一辆据说是抗美援朝的战场上淘汰下来的苏制嘎斯，车厢上还残留着美国飞机扫射时留下的枪眼。也就是说，这是一辆有着光荣历史的功勋车，在战火纷飞的年代里它冒着枪林弹雨英勇前进，在和平的年代里它拖着一路烟尘继续奔驰。当汽车从我们面前驶过时，透过玻璃，我们看到鲁文莉爸爸神气的姿态。他有时候戴着墨镜有时候不戴墨镜；有时候戴着白手套，有时候不戴白手套。我最喜欢他戴白手套兼戴墨镜的时候。因为我们看过一部电影，电影里我军的侦察英雄戴着洁白的手套又戴着墨镜，化装成敌方的高级军官去检查敌人的炮阵地。他用戴着洁白手套的手伸进炮筒一摸，几个手指染黑了，然后他打着官腔问：你们的炮是怎么保养的？——敌军的美式军服实在是漂亮，穿着敌军的美式军服戴着洁白手套和墨镜的我军侦察英雄实在是英气逼人，潇洒得无边无沿。在看过那部电影之后很长一段时间里，我们都喜欢装模作样地模仿英雄的举动和话语：你们的炮是怎么保养的？但手上没有白手套，表演起来总是不像。我们都梦想着能搞到一副洁白的手套，至于美式军服和墨镜，还有他腰间悬挂的左轮手枪，这些东西太高级，我们连梦想都不敢。我们班里许多男生，包括几位女生都崇拜何志武，并不仅仅因为他用那么有趣的方式离开了学校，还因为他在离开学校后不久，又当着我们全校师生的面，进行了一场潇洒到极致的表演。

那天是六一儿童节，全校的师生，集合到学校大门外的操场上，举行隆重的升旗仪式。我们学校虽然地处僻乡，但因为我们校距离国营农场很近，国营农场那一批身怀绝技的右派中，有几位在文体方面有特长的担任了我们的代课老师。他们将鲁文莉培养成了高密县乒乓球少年冠军，他们将侯得军培养成了昌潍地区少年撑竿跳冠军。他们还为我们学校训练出了一支像模像样的军乐队。有一面大鼓，十面小鼓，两对大钹，十把短号，十把长号，还有两把盘绕在身，朝天开口，闪闪发光的大喇叭。乡下人见惯了锣鼓家什，一鼓一锣一钹，咚咚锵，咚咚锵，咚锵咚锵咚咚锵。单调乏味，土打土闹。当我们学校的军乐队第一次在操场上亮相时，那气派，风度，趣味，还有那极其昂扬的节奏和旋律，大大开阔了乡民的眼界和耳郭，谁见过这等仪仗？谁听过这般声音啊！学校里给每个军乐队的成员做了制服，男的蓝色短裤白衬衫，女的白色衬衫蓝短裙，脚上都是白色长筒袜配白色胶鞋，脸上都涂了红颜色，眉毛都用炭笔描过，女生头发上都系着红绸子，男生脖子上都扎着红色蝴蝶结，确实是美丽。而且，都戴着洁白的薄手套！置办这样一批乐器和服装那可是一笔巨款，把我们校内的桌椅板凳再加上那口铁钟都卖了也不够，但对于国营胶河农场来说，那简直就是母鸡身上的一片羽毛，我之所以没说是九牛一毛，是因为九牛一毛太过夸张。国营胶河农场在我的许多小说里都有过描写，包括那批在我看来欢天喜地、活得颇为声色犬马的右派。我那部中篇小说《三十年前的一次长跑比赛》主要就是写他们的，有兴趣的读者可以去找了看看。但那是一部小说，里边许多事是我瞎编的，而这一篇，则基本上是回忆录，如果有与历史事实不符之处，那也是因为事隔多年，我的记忆出了偏差。

国营胶河农场是全民所有制单位，与目前尚存的新疆生产建设兵团原本是一个系统。农场的主要成员是军队的退伍军人，后来又吸收过一批青岛知青。六十年代初，当我们农村还处在牛车木犁的落后生产工具时期，国营胶河农场就有了一台苏联生产的联合收割机，"康拜因"，红色的，那家伙在农场的万亩麦田里隆隆开进时，对我们的震撼，不亚于1904年胶济铁路初通车时，德国造的机车喷吐着黑烟从我们村前驶过时对我们的爷爷奶奶们的震撼。对于这样一个单位来说，给临近的小学装备一个军乐队，那确是张飞吃豆芽——小菜儿一碟。各位千万别嫌我啰唆，因为我脑子里这些杂七拉八的记忆太多了，不是我要写它们，是它们自己往外冒。

胶河农场为什么要给我们小学装备军乐队？因为他们的很多孩子在这里上学。他们为什么要将右派分子派来做代课教师，也是因为他们的很多孩子在这里上学。我们学校的本地老师，张老师学历最高才是个"中师"，至于刘大嘴老师，不过是高小毕业。而农场派来的右派，全是高级知识分子。我说到这里，相信大家也就明白了，我们这小学，是当时山东半岛最好的小学。我是上到小学五年级被赶出校门的，但后来当兵到了部队，发现我完全可以给那些高中毕业的战友上课。如果我当时能从那小学毕了业，等到1977年恢复高考时，很可能以小学学历考入北大、清华。

当我们随着军乐队演奏的《东方红》旋律，仰头看着五星红旗在旗杆上缓缓升起时，何志武身穿着一件洗得发了白的旧军装，头戴着一顶八成新的军官大檐帽，戴着白手套、墨镜，手里提着一根自制的马鞭，出现在操场上最显眼的地方。为什么升国旗时我们不奏国歌而奏《东方红》？那是因为原国歌的词与曲的作者都被打倒了。何志武从哪里弄来这些行头？我们当时不知道。许多年后我与他在青岛见面时，问起这事，他半真半假地笑着说：从鲁文莉她爸爸那里借的呀！虽然他的打扮比不上电影里的侦察英雄，但已经把我们全部"雷"翻了。

他迈着方步，昂首挺胸，毫无惧色地从学生方阵和学校领导之间走过。一边走，一边用手中的马鞭指点着我们，撇腔拿调地说：你们的炮是怎么保养的？！

学校的领导全部傻了似的，眼睁睁地看着何志武耀武扬威地从他们面前走过，又眼睁睁地看着他从他们面前走回。他吹着口哨进入操场旁边那条胡同。我们的目光追随着他的背影，看着他走上河堤，又看着他走下河堤，消失在河道中。我们知道河里有水，我们想象着他走到河水边的情景，他是要脱下衣裳跳到河中洗澡呢，还是借水照影自赏？接下来，学校组织的活动其实已经没有意义了，无论是抑扬顿挫的诗朗诵，还是洋相百出的活报剧,都无法把我们的心从河边拉回来。刘大嘴老师气汹汹地宣布:我们一定要收拾他!

但最终也没听到刘老师如何收拾何志武的消息。何志武的爹是个给地主扛了几十年活的老雇农,何志武的娘是我们村里资格最老的共产党员,她一脸麻子,一双大脚,脾气暴躁,经常毫无来由地站在她家门前那盘石碾上骂大街。她骂大街时左手叉腰,右臂高举,造型酷似一把老式的茶壶。何志武是家中老大,下边有三个弟弟,两个妹妹。家中只有三间东倒西歪屋,炕上连席都没有。对于这样家庭出身的何志武,别说是刘大嘴老师无奈他何,即便是毛主席来了,又能怎么样他呢?

1973年的秋天,我跟着在棉花加工厂当会计的叔叔沾光,进厂当了临时工。虽说是临时工,但每月除了交给生产队二十四元,自己还能剩下十五元钱。当时的猪肉七角钱一斤,鸡蛋六分钱一个,十五元钱,可办不少事情。我身上衣裳时髦了,头发留长了,雪白的手套有了好几副,有点得意忘形。有天下班后,何志武来找我。他穿着一双露出脚趾的破鞋,背着一条叠成方块的破毯子。他头发乱蓬蓬,满腮胡须,额头上有三道深深的皱纹。他对我说:借给我十块钱,我要闯关东去。我说:你走了,你爹你娘你弟弟妹妹怎么办?他说:共产党不会让他们饿死的。我问他：你去东北干什么？他说：不知道，但总比老死在这里好吧？你看我，转眼就快三十岁了，连个老婆也讨不到，出去闯一下，树挪死，人挪活。说实话，我不愿借钱给他，那时的十元钱，可不是个小数目。他说：你押次宝吧。如果我闯好了，这钱就不还你了。如果我闯不好，卖血也会把这钱还你。我实在弄不明白他的逻辑，支吾好久，最终还是借给了他十元钱。

我们还是回过头来说那个下午我倚在墙角观看刘大嘴老师与鲁文莉打乒乓球的事吧。刘老师的球技一般，但球瘾很大，而且最喜欢跟女学生对决。那几个被选入校队的女生都不丑，鲁文莉是其中最好看的。刘老师因此也最喜欢找她对阵。刘老师打球时会下意识地张开他那张大嘴，仅仅张开大嘴也还罢了，他还从这张大嘴深处发出一种古怪的声音，嘎咕嘎咕的，仿佛里边养着几只蛤蟆。无论是看还是听，他的球相都令人不愉快。我知道鲁文莉很不愿意跟刘老师打球，但他是学校领导，她不敢不陪。因此，她与刘老师打球时那厌烦、厌恶的情绪便通过脸上的表情和胡乱抡拍的动作表现出来。我说了那么多废话，就是为了铺垫这样一个戏剧性的瞬间：刘老师大张着嘴巴，呜呜噜噜地发过去一个上旋球,鲁文莉漫不经心地抡了一拍子,那只银光闪闪的乒乓球,竟像长了眼睛似的,飞进了刘老师的嘴巴。

围观者愣了片刻,接着便哈哈大笑,那位姓马的女老师本来就是个红脸皮,这一笑,脸皮红成了鸡冠子。原本一直绷着脸的鲁文莉,也"扑哧"一声笑了。只有我没笑,我只是感到惊愕,怎么会这么巧呢?我当时联想到村里有名的故事篓子王贵大爷讲过的故事:说姜子牙命运处于低谷时,卖面粉遇上了狂风,卖木炭遇上了暖冬,仰面朝天长叹一声,一摊鸟屎落入口中。二十年后,也就是1999年秋,我在北京乘坐地铁到《检察日报》社上班时,车厢里一个报贩子大声叫卖:请看请看,在第二次世界大战中,苏军的一发炮弹,钻进了德军的炮筒。报贩的话立即让我回忆起鲁文莉将乒乓球打进刘老师口中的情景。当时的情况是:众人大笑片刻,感觉事情不对,连忙止住笑声。按照常理,刘老师应该立即将口中的乒乓球吐出来,说两句幽默的话——他一向是很幽默的——鲁文莉应该红着脸向刘老师道几句歉——然后他们继续比赛。但事情的发展根本不循常理,我们看到,刘老师不但没往外吐乒乓球,反而是抻着脖子,瞪着眼,努力地往下吞球。他的两只胳膊上下抖动着,喉咙里发出"嗷嗷"的怪声,这形状与吞食了毒虫的鸡颇为相似。众人目瞪口呆，无所措手足。俄顷，我们张老师跑上去，捶打刘老师的背；于老师跑上去，试图卡住刘老师的脖子；刘老师摇摆着胳膊摆脱了他们。右派王老师是医科大学毕业生，具有这方面的经验，他喝退我们张老师和于老师，疾步上前，伸出猿猴般的长臂，从后边搂住刘老师的腰，猛地一勒——那只乒乓球从刘老师嘴里飞出来，先是落在球台上，弹跳几下，然后落在地上，几乎没有滚动就止住了。王老师松开胳膊，刘老师怪叫一声，如一摊泥巴，萎在了地上。鲁文莉将球拍往球台上一扔，掩着脸哭着，跑了。王老师又在平躺在地上的刘老师身上揉巴了一会儿，刘老师才在众人搀扶下站起来。他站起来，四下张望着，哑着嗓子问：

鲁文莉呢？鲁文莉呢？这小丫头，差点要了我的命！

## 二

送走了何志武之后，我的心也开始躁动不安。虽说我在棉花加工厂当临时工比在村里当农民强，但我的农民身份并没有改变。而改变不了农民身份，你就是下等人。当时,厂里有十几个刚由临时工转为正式工人的小伙子,他们穿皮鞋,戴手表,耀武扬威,不可一世。那时我已经读过《三国演义》、《红楼梦》、《西游记》等古典小说,能背诵几十首唐诗宋词,还能写一手不错的钢笔字。我经常帮厂里一个退休的老职工给他在杭州当兵的儿子写信。我帮他写的信半文半白,堆砌辞藻,至今忆起,耳颊犹热。那老职工却当众夸我是"小知识分子",我自己也觉得怀才不遇,梦想着到一个广阔的天地里施展才华。棉花加工厂显然不是久留之地,回到农村那更是将千里马关进了牛棚。当时上大学不考试,靠贫下中农推荐,虽然从理论上说我也有资格上大学,但实际上是不可能的。每年那几个名额,还不够公社干部子女们抢的,根本轮不到我这样的小学五年级学历,家庭出身中农,大嘴开阔,相貌古怪的人。我想了很久,当兵,也许是我跳出农村,改变命运的唯一出路。当兵虽然也很难,但比上大学要容易。从1973年开始,我年年报名应征,到公社去参加体检,但年年落选。终于,1976年2月,经过无数曲折,在诸多贵人的帮助下,我领到了一张"入伍通知书"。在一个大雪纷飞的凌晨,步行五十里到达县城,换上军装,爬上军车,到达黄县,住进有名的"丁家大院",参加新兵集训。

1999年秋,我重访故地。此时黄县已经改名为龙口市,那曾是部队营房的"丁家大院"已经改为博物馆,当年这所在我的印象中巍巍峨峨的地主庄院,竟然是这般低矮狭小,这说明我的眼界发生了变化。新兵训练结束后,我与三个新兵被分配到一个所谓的"国防部保密单位"。很多老乡羡慕我分到了好单位,但我到了那里,却大失所望。这单位不过是一个电子测向站,而且即将撤销。我们的直属上级机关远在北京,行政上归驻扎黄县的蓬莱守备区34团代管。"代管代管,代而不管。"不是不管,是管不了,没法管,不敢管。我们单位的代号叫"263"。"提起'263',愁坏34团。团长血压高,政委翻白眼。"听听这顺口溜,你们就知道我到了一个什么鸟单位。分派给我的任务是站岗和种地。唯一让我感到亲切的是,这单位的那辆军车,与鲁文莉她爸爸那辆一模一样。一样的型号,一样的颜色,一样的新旧程度。开车的司机是一个年约四十的军官,小个子,花白头发,半口假牙,姓章,我们都叫他章技师。章技师离过一次婚,后任妻子带着一个女儿在济南上班,他带着前妻生的儿子住在部队。这爷儿俩是篮球迷,经常在球场上比赛定点投篮,谁输了谁用头将球从中场拱到篮架下。我刚到那里时,多看到章技师驱赶着儿子爬地拱球。一年之后，就基本上是儿子赶着老子拱球了。对，那小子名叫亲兵——这名字有些古怪——亲兵用一根木棍毫不留情地敲打着章技师高高翘起的屁股，一边敲一边说：快爬！快爬！别"绿豆芽进茅坑——冒充长尾巴蛆"！

我当时已经没有什么远大理想了，因为这个只有十几个人的小单位，根本没有发展前途。听老兵们说，要从新兵里边选拔一个跟章技师学开车。我就梦想着这幸运能降临到我头上。我在故乡时，只能眼睁睁地看着鲁文莉她爸爸的嘎斯51拖着烟尘从面前疾驰而过。唯一一次亲近汽车的机会，却差点要了我的小命——鲁文莉的爸爸将车停到供销社门前的大街上，进去买烟，趁此机会，我脚踏车后铁杠，手攀车厢后挡板，想过过车瘾。鲁文莉爸爸买烟回来开车疾驰，尘土飞扬，呛鼻难呼吸，我松手下车，却像块泥巴般砸在地上。好久才爬起来，鼻青脸肿，满嘴是血，愣怔半天，也弄不明白为什么会这样。后来我才明白这是惯性的作用。——现在，每星期都有机会坐着嘎斯51到距营房二十里外的农场去劳动。我们单位只有十六个人，却从农场里要了四十亩地。十六个人里有九个军官，他们轮流在那台吱吱乱叫的机器上值班，下地干活的，也就是我们警卫班里这六个人。我们警卫班里这六个人中又有两个是从天津城里来的,他们耍嘴皮子的功夫一流,但干活偷懒磨滑。所以真正干活的也就是我们四个人。章技师拉着我们沿着那条海边的砂石公路往农场奔驰。驾驶室副座上是他的儿子或是一位军官。我们站在后边的车厢里,手扶着车厢边沿,将军帽摘下塞进裤袋里,风迎面吹来,使我们头发飘扬,心旷神怡。想想当年为了体验一下嘎斯51的速度险些丧命的事,我心中感到当这次兵还是值了。章技师开车很猛,基本上是个土匪。那时候车很少。那时候全中国连一厘米高速公路都没有。这条沿海公路据说是最好的公路,是当年日本侵略中国时修的,宽度只容两车相错。路边经常有骑自行车的人,被我们的车卷起的沙土遮没。有很多次我们听到那些骑车人在车后大骂。这里的老百姓比我们老家的老百姓勇敢。鲁文莉她爸爸撞死了我们村那么多鸡犬,没有一个人找他的麻烦。但章技师的车撞死了一只老母鸡,鸡主老太太提着死鸡,拄着拐棍找到我们营房,站在我们站长办公室门口,用拐棍捣着门板破口大骂。后来听说,这老太太是著名电影《地雷战》中那位女民兵英雄的原型,她的两个儿子都是解放军的高级军官。她怒气冲冲地说:你们算什么八路军?日本鬼子进村都不敢这么猖狂!我们站的领导连忙点头哈腰赔不是，并愿意赔老太太十元钱。老太太说：十元钱？我这鸡一天下一个双黄蛋，一年下365个双黄蛋，五个双黄蛋一斤，一斤五元八分钱，你给我算算多少钱？我的领导好说歹说，总算用二十元钱把老太太打发走了。但没想到老太太出了营房又转回来，非要我们领导把开车的司机找来让她看。她瘪着嘴说：我看看到底是个什么样的人，能把一辆破汽车开得像惊了枪的野兔子一样！我们领导无奈，只好让我去把章技师唤来。章技师一见老太太，"啪"一个立正，敬了一个油滑的军礼，然后说：革命的老妈妈，晚辈知错了！老太太说：知错必改！以后啊，进村后把速度放慢到十五迈，否则，我在大街上埋上连环地雷阵，炸翻你这王八羔子！

后来听说，聪明绝顶的章技师提着点心去探望老太太，并且拜老太太做了干娘。1979年，我奉调河北保定前两个月，章技师也调到了济南军区大院当了一名后勤助理员，与分居多年的妻子团聚。他儿子亲兵，虽然只有十五岁，也被特招入伍，成了军区文工团的一名团员，拜著名演员高元钧为师，学说山东快书。据说，老太太的大儿子是军区的重要领导，章技师的升迁，是沾了老太太的光。

章技师尽管有很多地方不像个军人，譬如他永远歪戴着军帽，敞着外衣，走起路来一溜歪斜，活像个电影里经常看到的匪兵。譬如他好喝小酒，酒量不大，二两就醉，喝醉后就哼唱着一首著名的淫邪小调《王二姐思夫》。譬如他喜欢与驻地村子里的女青年勾勾搭搭，每次开车进城，都有村里的大姑娘来搭我们的军车。有一位名叫苦妹子的村姑，与他关系特别密切。苦妹子的爹养了一头老母猪下了八只小猪，想进县城去卖，章技师就将老母猪和小猪都装到我们车上，小心翼翼地给运到了县城猪市里。章技师尽管有这些毛病，但作为一个司机，他对汽车非常爱护。每星期六他都要保养维护他的车。他对汽车了如指掌，一听声音就知道哪里出了问题。我们单位那辆经历过朝鲜战场的枪林弹雨的嘎斯51，如果不是章技师维护保养，早就成了废铁。章技师对我很好，每逢车场日，就喊我去帮他洗车或是修车。我们同来的几个新兵都说章技师要培养我接他的班，我自己也是这样认为的。我从章技师那里学到了一些汽车发动机的原理，明白了汽车为什么能够飞快地奔驰。我跟章技师说起过胶河农场里鲁文莉她爸爸那辆嘎斯51。章技师惊讶地说：我以为全中国只剩下一辆这种型号的而且还在服役的古董车了呢，没想到你们那儿还有一辆。章技师甚至说过：等有了机会，就开车去趟我们那儿，让这两辆嘎斯51见见面——他认为车是有灵性的，就像老树能够成精一样，一辆从枪林弹雨中钻出来，车身上曾经沾过烈士鲜血的车也是可以成精的。两辆成了精的车相遇会是一种什么情景呢？——章技师说他是这辆车的第九个司机。第一个司机是牺牲在方向盘上的，也就是说，这辆车的挡风玻璃，曾经被敌人的子弹或是弹片打碎过，那中了弹的英雄司机，虽然受了重伤，但还是坚持着把车从浓烟烈火中开出。章技师对我历数那前八任司机的名字、籍贯，好像一个后代儿孙对别人讲述自己的家谱。这辆车是1951年由苏联的高尔基汽车厂制造的，比我的年龄还长四岁。听过章技师讲述这车的光荣历史，我对它肃然而生敬意，由此车想到鲁文莉爸爸的车，就感到这两辆车仿佛一对失散多年的双胞胎姐妹——为什么是双胞胎姐妹而不是双胞胎兄弟抑或是一男一女龙凤胎，我自己也说不清楚，反正第一想法就是如此，然后便不可更改。由这两辆姊妹车我又想到，我这次当兵，本来是济南军区蓬莱要塞招来的，被分配到这个隶属总参谋部的小单位纯是偶然，这偶然的几率比鲁文莉一拍子将乒乓球打进了刘老师嘴里略高，但也高不到哪里去。听章技师讲完那辆车的光荣历史后我就明白了，我被分配到这个小单位是命中注定的，我的任务就是为这两辆失散多年的姊妹车牵线搭桥。

1978年元月，我们的新任站长购买了四十篓子苹果、一百捆大葱，让章技师开车送到我们的上级领导机关去。我们的领导机关在北京郊区深山里，距离我们站按地图计算也有一千二百公里。为了沿途有个照应，章技师选我做他的助手押车前往。这是天大的美差。半夜动身，原计划傍晚即可赶到目的地。但汽车刚过潍坊便出了毛病。慢速行驶尚可，速度超过三十迈，排气管便发出放枪般的爆响并冒出青烟。章技师的第一判断是油路出了问题，但钻到车底打着手电检查一遍，并无任何问题。加速，毛病依旧。此时正是黎明前最黑暗的时刻，天寒地冻，遍地霜雪。章技师将一件破棉袄铺在地上，钻到车底下，一遍又一遍地检查。什么毛病也检查不出来。我们坐在驾驶室里闷头抽烟，章技师低声嘟囔着：邪了门了，真他娘的邪了门了。车啊，老伙计，你今天怎么啦？我老章开了你十几年，可从来没有对不起你的地方啊！——章司机把话说到这份上，弄得我也心惊胆战，疑神疑鬼。我最先想起的就是胶河农场里鲁文莉她爸爸那辆车，此地距离胶河农场约有二百里路，对汽车来说，距离并不算远，难道它们俩急于相会？章技师念叨着：老伙计，配合我完成这次任务，将苹果和大葱送到北京，回程时，咱一定拐个小弯，到胶河农场去，见见你那姐妹……这个章技师，几乎与我是心有灵犀一点通了。

红日初升，道路两边土地白茫茫一片，也许是霜雪，或者是盐碱。我们磨磨蹭蹭进了寿光县城，想找个地方吃点饭。那时的寿光县城，一片荒凉破败景象。全城只有一条马路，马路两边只有一家饭馆，玻璃上写着八点开门，但到了九点才开。没有别的饭，只有头天剩下的冷馒头。看到我们是解放军，服务员对我们还客气，答应尽快帮我们将馒头热热，还白送给我们一暖瓶热水，一碟子咸菜。那时候一个馒头收二两粮票，我带的粮票都是大面额的全国粮票，服务员找不开，请示了领导才决定让我们以每斤粮票三角钱的价格交了钱。——2003年我应邀去寿光参加了他们蔬菜博览会，此地已是高楼林立、马路宽阔、非常现代化的城市，当年那些荒凉的土地上，塑料大棚一个挨着一个。塑料大棚改变了中国人的食谱，打乱了植物生长的季节和植被的地域。当地人在大棚里栽培出许多闻所未闻见所未见的蔬菜瓜果，令国内外的客商和参观者啧啧称奇。——我们吃饱了肚子继续上路，老嘎斯51与我们继续捣乱，我们只能慢慢地开,一路冒烟放炮,好容易磨蹭到惠民地区的首府北镇市,将车开进汽车修理厂,请一位老师傅帮我们检修。老师傅满头白发,左手缺了两根手指,但干起活来准确有力,让人钦佩。他一见我们这辆老车就眼睛放光,说:嗨,这老爷车,还跑啊!章技师给他敬烟,套近乎。老师傅是参加过抗美援朝的,汽车兵,竟然与我们这辆车的首任司机——那位牺牲在方向盘上的英雄是战友。老师傅那个激动啊,围着车转圈,摩挲,就像骑手见到了失踪多年的老马。他上了车,驾驶着车子在修车厂的跑道上转了十几圈,下来也说是油路问题。认真查了几遍,也没查出什么毛病。老师傅说:嗨,老了,凑合着开吧。我们要跟他结账,他挥手让我们走。我们重新上路,一加速就放炮冒烟。章技师将车停在路边,头伏在方向盘上,好久不动。后来我说,章技师,咱们把油路彻底卸开检查一遍吧,是不是我们行前将车送到守备区后勤处大修时他们帮我们塞了什么东西?他们能给我们塞什么呢?从黄县到潍坊,每小时50迈,跑得好好的啊!虽然这么说,章技师还是下了车,看着我拆卸油路,当拆到滤油器时,我从里边提出了一个陶瓷的过滤罩,章技师大喊一声:我的亲姥姥!这是什么玩意儿!——要塞区后勤处的修车师傅好心意帮我们放进的陶瓷过滤罩因孔眼过小，导致供油不足，使我们的车无法畅奔！章技师将那陶瓷罩儿用力砸在地上，抢过扳手，上好油管，用棉纱擦擦手，戴上手套，跳上汽车，一加油门，呜呜地开出去，速度到了每小时60公里，不放炮了，不冒烟了，一切正常。我日它姥姥，憋死我的小马驹了！章司机骂着，兴奋无比，像飞奔的骏马背上的骑手。

我们赶到沧州时，已是红日西沉，只好找店投宿。店里已客满，服务员，一个胖姑娘，心肠很好，见我们疲惫的样子，道：解放军同志，如果你们不嫌，我就给你们搭两张地铺。胖姑娘给我们搭了地铺，还给我们送来两盆热水让我们洗脚。我们很感动。章技师躺在地上修车，着凉感冒，不停咳嗽，我跑到街上，找到药店，为他买来感冒药，服侍他吃上。我特意绕了一个弯去看了看我们的车，车停在路边，车厢封着篷布，严严实实。我拍着车头，说：辛苦了，你！

这一夜我们睡得很香。早晨起来，章技师的感冒也好了。胖姑娘告诉我们饭店里提供油条、大饼、稀饭，如果我们不愿吃，她可以帮我们去买饺子，但那要等到八点之后。我们说大饼、油条、稀饭就很好。饱餐一顿，开车上路。中午时分，由通县驶入北京，驶上长安大街后，章技师撒了野，老嘎斯跑得比那些小轿车还快。一个穿蓝制服戴白套袖手持指挥棒的警察拦住了我们。警察严厉批评章技师超速行驶。章技师连连认错，说第一次进京不懂规矩。北京啊，我的天，这就是北京！想不到我一个高密东北乡的穷小子竟然在1978年1月18日到达了北京。见到了这么多的白的、黑的小轿车和草绿色的小吉普。见到了这么多的高楼和大厦。见到了这么多的高鼻蓝眼的外国人。那时候的北京，城区面积连今日北京城区面积的十分之一都不到，但在我的心目中，已经大得令人惶惶不安了。

## 三

我们出了北京城一直往北，沿着盘旋曲折的山路，从万里长城居庸关的墙洞里钻出去，又往北开了一个多小时，终于驶进了我们上级机关的大院。我们拉来的苹果和大葱让整个大院都兴奋起来。将车上的货卸完，装上发给我们的一张乒乓球桌、四个篮球、十支练刺杀用木枪、四套刺杀防护用具、二十颗训练用木柄手榴弹、两件值班用皮大衣，我们便打道返程。来时只有我们两个人，回时添了一个。是给我们站配的新司机，1977

年的兵，刚从汽训队毕业，姓田，名虎，山东沂水人，大眼白牙，满脸稚气。

好不容易来到北京，这辈子还不知道能不能再来，就这样穿城而过岂不遗憾？启程前我们向上级机关管后勤的一位领导请示，希望能在北京城里住几天，哪怕住一天，到天安门前照张相，也不枉了来北京一次。那位领导爽快地批准我们在北京城内住三天，并帮我们联系了我们系统在城内的招待所。那时候我们既没有居民身份证也没有军官、士兵证，而所有的旅馆、招待所住宿登记前都要查验介绍信。他给我们开了三张盖好公章的空白介绍信，供我们沿途需要时使用。

我们首先到天安门前排队照了相，然后又排队进入毛主席纪念堂，瞻仰了毛主席的遗容。注视着躺在水晶棺中的毛主席，回想起两年前初闻他逝世消息时那种山崩地裂般的感觉，觉悟到这世界上其实没有神，我们过去做梦也想不到毛主席会死，但他死了。我们当时认为毛主席一死，中国就完了，但他死了两年后，中国不但没有完，反而是逐渐地好起来了。大学又开始考试招生了，农村里地主、富农的帽子也摘了，农民家的粮食多了，生产队里的牛也胖了。连我这样一个人，竟然也在天安门前照了相，并且亲眼看到了毛主席的遗容。后来的两天里，我们又去了北海公园、天坛公园和天坛公园旁边的自然博物馆，那里边有一副高大的恐龙骨架给我留下了深刻的印象。我们还去了故宫、景山、颐和园、动物园，还去了最繁华的王府井大街，还去了西单商场买了三个人造革黑背包，我自己一个，给战友捎了两个。还给我的未婚妻买了一条粉红的纱巾。她是我在棉花加工厂当临时工时由她的一个瓜蔓子亲戚介绍给我的。当时我很犹豫，但那人竟恶狠狠地说：你别不识好歹！肥猪拱门还以为是狗爪子挠的！——这人后来也说了实话，他之所以把他的亲戚的女儿介绍给我，是因为我叔叔在棉花加工厂当会计，而他想通过这种关系达到长期在棉花加工厂工作的目的。结婚后她对我说：在我之前，公社党委刘常委想把她介绍给公社党委副书记的侄子，她嫌那人眼睛太小而没有答应。她和我订婚后，刘常委讥讽她：你嫌郭书记侄子眼小，现在找了个眼大的！她说：郭书记的侄子眼小无神，小莫的眼小放光，不一样的。许多年后，当我浪得虚名成了作家，刘常委逢人便说我太太有知人之明。——我们还去西单路口那家饺子馆排队两小时吃了一顿饺子，是那种肥肉馅的，一咬往外冒油的饺子，用机器包的。包饺子的机器在里边工作，隔着一道半人高的柜台，外边是十几张桌子。

当时，我感到这是一项伟大发明，这边把面、水、肉塞进去，从另一头，包好的饺子就一个接着一个掉到热浪翻滚的锅里，实在是匪夷所思。我把这事回家说给我娘听，她根本不信。现在想起来，那饺子机挤出来的饺子皮厚馅少，煮出来一半走汤漏水，实在是又难看又难吃，但在当时，在西单商场旁边的饺子馆吃一顿机制饺子，可是回乡吹牛的资本啊。现在，机制饺子早就没人吃了，所有的饺子馆的招牌上，都特别注明是手工制作。过去是肉越肥越好，现在则流行素馅了。世事变迁，于此可见一斑。

回程路上，章技师把方向盘让给田虎，他与我挤在副驾驶的座位上。田虎一到，我的司机梦彻底破灭。章技师看出了我的沮丧，悄悄地劝我：小莫，你满腹文采，当个臭车夫，岂不是高射炮打蚊子大材小用？等着吧，会有好运气来找你的。他的话给了我一些安慰，但想到前程，还是一片迷惘。难道我费尽千辛万苦冲出了牢笼，折腾两年，又一事无成地回去？不，我不回去，我要奋斗！我要挣扎！

在北京时，我曾做过一个梦，梦到我和章技师开车回到了故乡，我们的车，和鲁文莉爸爸的车，都停在我们学校前的操场上。两辆嘎斯51，车头上都扎着红绸子，车鼻子上，都缀着一朵绸布扎成的大红花。学校的军乐队，在旁边吹号擂鼓，还有许多的学生，手中挥舞着绸布，跳着一种动作简单、节奏分明的舞蹈。后来，夜深人静，明月当空。我独自一人，来到操场，看到两辆嘎斯51，就像两条小狗一样，鼻子触着鼻子，嗅着对方的气味，借此辨别对方的身份。它们不时发出嘹亮的叫声，像两头久别重逢的毛驴。然后它们便各自往后退了几十米，又往前将鼻子碰在一起。如此三离三合之后，鲁文莉她爸爸那辆车炫了一个蹶子，往前跑去，我们单位那辆车，紧紧地追上去。两辆嘎斯51，在操场上转着圈追逐，好像一头公驴追赶一头母驴。此时我恍然悟到：这两辆车，并非双胞胎姐妹，而是一对恋人。它们追逐着，交配，然后生出一辆辆小嘎斯车……我将这个梦境转述给章技师和小田听。章技师说：看起来我们必须去一趟国营胶河农场了。小田说：我爹也做过类似的梦，但第二天就撞了车。——小田的爹也是司机——章技师说：新兵蛋子，乌鸦嘴！

多半是小田出语不祥，犯了章技师的忌讳，原本说得好好的事，到潍坊时又变了卦。此时是晚上九点多钟，满天星光。章技师说：小莫，我们出来太久了，我这几天眼皮跳，心神不宁，担心亲兵发生什么事。既然已经到了这里,就把你送到潍坊火车站,你坐火车回家看看。我回去帮你请假,有啥事我担着。我和小田从烟潍公路先回去了。

我理解章技师的心情,虽说原本在心中想象了许多遍的、带着一辆军用嘎斯51轰轰烈烈开进村庄的盛事化为泡影,心中颇感失落,但能在当兵两年后回家探亲也是一件很不容易的事。将我放在潍坊火车站外,章技师和小田开着车走了。我一直目送着嘎斯51屁股后的红灯消失,才走进车站买票。

这是我此生第二次坐火车。第一次坐火车是我十八岁那年春天,送我大哥和侄子去青岛坐船返上海。那年头坐火车是一件相当隆重的事,我从青岛回来后,以此为资本吹了好久的牛。第二次坐火车心情依然很激动。车上拥挤不堪,车厢里一股尿臊气。有两个男人为争厕所打架,一个破了鼻子,一个破了耳朵。当时,我不认为这有什么落后之处。从潍坊到高密一百多公里,却颠颠簸簸地跑了三个多小时。而2008年的和谐号动车组,从北京跑到高密,全程近八百公里,只需五小时多一点儿。

到达高密火车站时,已是凌晨,红日初升,满天霞光。我一出检票口就听到车站广场一家卖油条、豆浆的小饭铺里传出了好久没有听到的茂腔的旋律。是传统剧目《罗衫记》里老旦的那段著名的大慢板,悲凉凄切,颤颤悠悠,使我热泪盈眶。前几天在中央电视台戏曲频道做那个介绍茂腔的节目时,我还提到了这件事。我买了半斤油条,一碗豆浆,边吃边听。车站广场两边全是小饭铺,那些做生意的人,大声招徕着顾客。两年前,车站周围只有那家国营的饭馆卖饭,服务员的态度极其恶劣。两年后,个体饭馆参与了竞争。又过了几年,个体经济犹如雨后的春笋,遍地冒出。那些全民所有制的、集体所有制的饭馆、供销社、商店纷纷倒闭。

我转乘那趟开往东北乡的公共汽车,下午三点钟才进家门。一看到家里的破屋烂舍和更加衰老的爹娘,心中感到无比绝望。与父母说到单位的情况,提干无门,学车无望,顶多再混两年就该复员回家了。母亲说:原以为你能混出个名堂来……我说:都怨我命运不济,分配到这么个单位。如果在野战军里,没准已经提了干。父亲道:说这些也没用了。家里就这样,你也看到了。回去还是好好干,别怕出力气,人都是病死的,没有干活累死的。只要你舍得力气干活,领导总会看到的。即便是提不了干,学不了车,也得想法入个党。爹跟着共产党忠心耿耿干了一辈子,做梦也想入党,但总也入不了,这辈子是没指望了,就看你们了,入了党,复员回来，也多少争回点面子。

## 四

返回部队后，领导找我谈话，说上级分配给我们站一个报考解放军郑州工程技术学院的名额，经研究，决定让我复习功课，准备参加考试。我的头嗡的一声响，脑子懵了好久。我记得很清楚，那天中午改善生活，每人一个"狮子头"，在那个年代，这可是难得的美味，但吃到口中如同嚼蜡。这是我此生第一次体验到食肉无味的感觉。为什么呢？因为站上领导一直认为我是高中生，所以才决定让我去参加考试。但我实际上是小学五年级，语文、政治，也许还可以对付，但数、理、化一窍不通。报考的专业，是电子计算机终端维修，这对我来说，实在是太难了。但如果说出真相，那我就彻底完了。我硬着头皮答应下来。站上一位姓马的无线电技师，湖南人，与我同岁，对我不错，为我鼓劲打气，说据他所知，此次分配考试名额，实际上是为了照顾外站，考试只是走个过场，只要交不了白卷就可以入学。我说我可是连四则运算、分数加减都不会啊。他说我教你，你这么聪明的脑瓜，啥学不会？还有半年时间呢。

于是我下决心拼命一搏。我写信让家里人将我大哥用过的所有的初、高中课本给我寄来。每晚去马技师那里上课。经领导批准，在工具储藏室里为我安了一桌一椅，允许我不值班时可以进去学习。为了让我集中精力复习，我的副班长职务由一个七七年的兵暂时代理。

因为我大哥是我们高密东北乡第一个大学生，我感受到了他给家庭带来的荣耀，因此我从小就有上大学的梦想。现在，实现梦想的机会来了。但要在半年的业余时间内，自学完中学的数、理、化课程，困难实在是太大了。根本没有时间做练习题，只是看教材，看懂了就往下看。那么多的公式，囫囵吞枣般地死记硬背。储藏室的墙壁上，被我用铅笔写满了公式。我在希望与绝望中挣扎。更多的是绝望，希望越来越渺茫。那时的我面黄肌瘦，头发蓬松，我们教导员说我像个囚犯。八月份时，教导员找我谈话，说：上级刚才来电话，说原先分配给我们站的那个考试名额取消了，希望你能正确对待。他的话一方面让我如释重负，一方面让我深感失望。教导员在全站会议上宣布了这件事，同时宣布恢复我的警卫班副班长职务。那时候，正是全军学文化的热潮，教导员让我给站上战士讲数学。给战士们讲数学时，我才意识到，在半年的时间里，我真的学会了不少知识。后来，上级领导下来视察，听了我一堂三角函数课，认为很有水平。我能被调到保定训练大队当教员，与这堂课有关。大学梦破了，文学梦越做越凶。那时，一部短篇小说可以使人一举成名。我自己订了《人民文学》和《解放军文艺》，从1978年9月开始，学习文学创作。先是写了一部题为《妈妈》的短篇小说，接着写了一部题为《离婚》的六幕话剧。给我们单位送信的邮递员是一位左眼有残疾的小个子中年男人，姓孙，大家都叫他老孙，也有几位浮薄的参谋背地里叫他"独眼龙"。每当听到老孙的摩托响，我的心就怦怦乱跳。因为两部稿子投出去了，我盼望着好消息。最好的消息是《解放军文艺》社用钢笔回了一封退稿信，关于话剧《离婚》的，说篇幅太长，建议投到别处看看。我调往保定前，潜意识中有轻装上阵一切从头开始的想法，就把这两部稿子投到炉子里烧了。1999年我重访故地，营房已经成了养鸡场。到那间当年的储藏室里去看，墙壁上我涂鸦的那些数、理、化公式还依稀可辨。

## 五

1979年，无论对于国家还是对我个人，都是至关重要的一年。先是2月17日，对越南的自卫反击战爆发。二十万大军，从广西和云南两线，冲进越南境内。第二天早晨，我们吃早饭时，就从广播里听到了李成文舍身炸敌堡的英雄事迹。我们同批入伍的战友，有很多去了前线。从内心深处，我是羡慕他们的。我希望自己也能有这样的机会，上战场，当英雄，闯过来可以立功提干，牺牲了也给父母挣个烈属名分，改变家庭的政治地位，也不枉了他们生我养我。有我这种想法的，其实不止我一个人。这想法很简单，很幼稚，但确是我们这种饱受政治压迫的中农子弟的一个扭曲心态。窝窝囊囊地活着，不如轰轰隆隆地死去。前方在打仗，我们这样的单位也一改长期的散漫状态，出操，训练，值班，劳动，都加倍认真和卖力。但战争很快结束，我们单位又恢复原状。

这年的6月底，领导批准我回家结婚。7月3日举行婚礼，是日大雨。在婚假期间，我见到了几位参战回来的战友，他们都立了功，有两位还提了干，我从心里边羡慕他们。但等待我的是什么呢？也许，再过几个月，我就该复员回乡了。

结婚第二天，我骑自行车去了胶河农场，说是去找同学玩，其实是想看看鲁文莉她爸爸那辆差点把我摔死的嘎斯51。我在农场的车场上找到了它。鲁文莉的爸爸正在为它刷油漆。我上前去，掏出烟，敬他一支。我说：鲁师傅您不认识我吗？他笑着摇摇头。我说我是鲁文莉的小学同学，姓莫，名叫莫言的。他连声说：啊啊啊，想起来了，想起来了。那一年，我把车停在你们村，你打开车门，偷走我一副手套。我说：那不是我，那是何志武，他不但偷了你一副手套，还将你的轮胎放了气。他说：那小子，我知道，从小就是歪头鹅，一肚子坏水儿。他不但放了我轮胎的气，还拧走了我轮胎上的气门芯。后来他跟我谈判，说要借我的军装、军帽，如果我不借给他，他就在街上撒铁蒺藜，扎破我的轮胎。我马上想起来，十几年前，鲁文莉她爸爸的嘎斯51抛锚在大街上的情景。六个轮胎，四个瘪了。鲁文莉爸爸暴跳如雷，破口大骂。当时，学校也把我当作重点怀疑对象，盘查讯问了许久。刘大嘴老师将烧红的炉钩子举到我面前摇晃着，要我坦白交代。我心中无事，面对炉钩子，坦然自若。——我问起鲁文莉的情况，他说，就业了，在县橡胶厂。我说：在你们农场就业多好，你们这里是全民所有制，县橡胶厂是集体所有制。他说：你不知道吗？我们归县里管了，土地也要承包了，今后，就跟农民差不多了。我指指油漆了一半的嘎斯51和车场上那些破破烂烂的机械，问：这些怎么办？他说：能卖就卖，不能卖就任它烂掉呗。这辆嘎斯51也要卖吗？我问。他说：前几天，就是那个何志武，从内蒙古拍来一封电报，出八千元的高价，要买这辆破车。这小子，大概是脑子出了什么毛病了吧？再加五千元，他就可以买一辆新出厂的解放牌大卡车。你说，他是不是要作弄我？我感慨万端地想：何志武啊何志武，你那个聪明绝顶的脑袋里又在转什么念头呢？你能拿出这么多钱买车，说明你发了大财，可你为什么要买一辆老掉牙的破车呢？难道仅仅为了怀旧就可以让你一掷千金吗？我说：鲁师傅，我也弄不明白他为什么要这样做，但我相信，他肯定不会作弄你。——随便他吧，他真要买，我这心里还真有点不是滋味呢，你想想，这车跟我多少年了？感情很深啊！鲁文莉的爸爸说罢，抡起刷子，往车厢上抹了两下子，又问我，小伙子，在哪里服役？我说：在黄县。他说：蓬莱守备团的部队，34团吧？我说：我们隶属总参，34团代管我们。他说：我与34团许团长是老战友。我当连长时，他是团里的作训参谋。我兴奋地说：许团长给我们做过报告！太巧了！您要不要捎点什么给他？我后天回部队。他沮丧地说：他堂堂团长，我一个臭司机，不巴结了。我还想说什么，他已经抡起刷子往车上刷漆了。我自然早就听说过他的事。他从朝鲜战场回国后，当了连长，授衔上尉，前途无量，但可惜他像许多少年得志的男人一样，"后头撅了尾巴，前头撅了鸡巴"，自毁了锦绣前程。

回部队那天，我特意一大早就赶到县城，买上去黄县的长途汽车票，距开车还有两个小时。那时县城很小，我花半小时疾步走到城南橡胶厂，向门卫老头打听鲁文莉，门卫老头说她好像值夜班。接着就盘问我是她什么人，找她干什么。我说是她同学，探亲路过，顺便想看看她。老头可能看我是解放军，就说：要不我给你去叫叫？我说：那就谢谢您了。老头说：你帮我看着门，我给你去叫。我不时地抬腕看表——我借了战友的一块价值三十元的"钟山"牌手表——生怕误了坐车的时间。过了好久，看门老头带着她来了。她披着一件短大衣，穿一条红色绒裤，趿拉着一双拖鞋，蓬松着头发，睡眼惺忪，哈欠连连。我急忙上前，叫她的名字。她上下打量着我，冷冷地问：是你啊，找我干什么？我狼狈无比地说：没事……回部队……离开车还有点时间……顺便来看看老同学……前天我去胶河农场，见到你爸爸了，他说你在这里工作……她不耐烦地说：你要没事我就回去睡觉了。她转身就走了。我望着她的背影，心中感到十分惆怅。

回到部队后不到两个月，我就接到了调往保定训练大队的命令。那位借"钟山"牌手表让我回家结婚的同乡战友感慨地说：看来结婚能给人带来好运，过几天我也回家结婚。临行前，我们警卫班与干部们进行了一场篮球比赛，那天我手气很好，几乎是有投必中。这场篮球是我此生打得最漂亮的一场球。

9月10日，我与要到北京办事的马技师结伴同行。田虎用嘎斯51把我们送到潍坊火车站。嘎斯51，再见了。没有再见，其实是永别。这辆车，我再也没见过，它的残骸，现在何方？而鲁文莉她爸爸那辆嘎斯51，村里人说，的确是被何志武买走了。何志武开着那辆车，在大街上和我们学校的操场上转了好几圈，实践了要成为"鲁文莉她爸爸"的理想，然后便拖着烟尘扬长而去。

我到达保定后，先是担任班长，训练那批从应届高中毕业生中招来的学员。他们学制两年，大专学历，毕业后就是正排职军官，行政23级。他们学习的专业，有一个很长的名称，其实就是戴着耳机抄电报。

一个月后，训练结束，我被留在大队部担任保密员，后来又兼任政治教员，给那些学员们讲授哲学和政治经济学。我并不具备这方面的知识,是"鸭子上架——全靠逼"。刚开始很吃力,但教过一个学期后,渐渐可以应付自如。于是,那颗未死的文学之心又在拳拳跳动。屡遭失败后,终于,1981年9月,我的第一篇小说《春夜雨霏霏》在保定市的《莲池》发表。第二年春,又在该刊发表了短篇小说《丑兵》。一个战士,担任着干部的工作,能给学员滔滔不绝、声嘶力竭地讲马克思主义原理,又能写小说,确实有点引人注目。1981年11月3日,女儿出世。起名时,当时在湖南工作的我大哥建议叫"爱莲",一是我的第一篇小说是在《莲池》发表,二是宋人周敦颐有名文《爱莲说》。我认为此名太俗而为之命名"筱箫",但上小学后,老师以此名笔画太多而易之"笑笑",于是也就"笑笑"至今了。在上级机关诸多贵人帮助下,1982年盛夏,我在故乡度假时,接到了被破格提拔为军官的消息。那张任命我为训练大队正排职教员的命令,现在还应该装在我的档案袋里吧。我清楚地记着,那封信是我父亲拿回来的。当我向他报告了这个喜讯时,他眼睛里闪烁着的是一种让我感觉到温暖又凄凉的光芒。他什么也没说,扛起锄头又下田去了。我父亲的表现立即让我想到邻村我一个本家爷爷的表现,他的儿子提干后,他打着锣满村喊叫:我儿子提干了！我儿子提干了！我父亲的低调处理使我深切地感到他的性格、品质和经验。

1984年秋，我考入解放军艺术学院文学系，不久即写出成名之作《透明的红萝卜》，不久后又发表了《红高粱》，引起很大轰动。1986年暑假我在故乡集市上买菜，碰到了邻村一个姓万的男人。他一把拉住我，瞪着眼吼叫：听说你发大财了？一部小说，卖了一百多万？——现在，一部小说卖一百多万完全可能，但在当时，这无疑是说胡话。——还没等我辩白，他就说：不用害怕，不会找你借钱。我儿子考上了美国留学生，再过几年，美金大大地有！

1987年秋，张艺谋带领着巩俐、姜文等人到高密来拍《红高粱》，最早的名字叫《九九青杀口》，他们剧组的一辆小面包车上就用红漆喷上"九九青杀口"的字样。为什么当时不叫《红高粱》，等拍摄完毕后又叫《红高粱》，我没问，他们也没说。当时，拍电影，对我们高密东北乡人来说，可是一件新鲜事。自从盘古开天地，还没有人到我们这偏僻地界拍过电影呢。开机前，我请剧组主创人员到家里吃饭。张艺谋、姜文都是赤膊光头，皮肤晒得黝黑。巩俐穿着一身老土布衣裳，留着那种乡村妇女的发型，不施粉黛，看上去像一个貌不惊人的小村姑。村里人原以为女电影演员都是天女下凡，但看了巩俐后不由大失所望。当时，谁能想得到，十几年后，巩俐会成为国际巨星，举手投足，高贵典雅，目光流盼，风情万种。开机那天，现场观者如堵，有骑车几十里从外县赶来的普通百姓，也有坐着轿车前来观看的县市领导。但都是乘兴而来，扫兴而去。

剧组住在我们县招待所，房间里没有空调也没有卫生间，当时，县级招待所条件大都如此。当时的演员也没有现在的演员那么大的谱。等剧组撤走后，我听到县里的朋友对我说：很多人对演员们的印象不好。尤其是姜文，打长途电话一打就是四个小时。我说他打长途电话交不交钱？他说交啊。我说既然交钱你管那么多闲事干什么？——现在，我想没人再去管这些闲事了吧！中国人从人人关心别人的私事，到个人隐私受到保护，是一个多么巨大的进步。不久前我在电视上看到八十年代初一个因为"流氓罪"被判了十年徒刑的电影演员为自己的遭遇鸣冤叫屈。是的，他无非是与几个女人发生过两厢情愿的性关系，竟被认为是犯了严重的罪行，此案当时轰动全国，大多数人认为他罪有应得，并无人认为量刑不当。如果按照那时的标准来衡量当今社会的男女……那需要多少监狱啊！

看到剧组那辆不知道从哪里弄来的破汽车,我马上就想到了鲁文莉她爸爸那辆被何志武买走的嘎斯51。颜色形状都有几分相似,近前一看,车头上的罩板似乎不对。听村里人说何志武人在内蒙,那辆嘎斯51是不是还在为他效劳呢?

## 六

1988年8月,我考入了北京师范大学和鲁迅文学院合办的文学研究生班。相对于1984年考入解放军艺术学院,我这次没有太大的兴奋。八四年时我接到军艺的入学通知书时那可真叫欣喜若狂。一是终于圆了大学之梦,二是圆了文学之梦。这次考入研究生班,尽管毕业后可以拿到硕士学位,但由于我已经浪得虚名,对文学这行当有了相当的了解,知道对一个作家来说,无论什么学历学位,都比不上作品有力,因此,起初我并不想来上这个学。后来有人劝我把眼光放远点,利用这机会学点英语,将来会大有用处。这想法无疑是十分正确的。我的确也认真地学了两个月,曾经背了几百个单词。但很快,学生运动爆发,形势日益紧张,多数人无心上课。我本来就缺少毅力,有了这个借口安慰自己,就把学英语的事搁置脑后。后来经常出国,每次都为当初没把英语学好而后悔莫及。前几年还有学一点日常用语的想法,这几年,连这想法也没有了。我只是盼着发明家们尽快发明一种简单、便携、快捷、准确的语言交换器,以解我出国之难。

1990年春天,我回到县城,将原有的几间旧房子推倒,用一个月的时间,翻盖了四间房子。其间学校几次来电报催我回去。等我回到学校后,领导劝我自动退学。我未加考虑就同意了。后来,有众多同学为我求情,又得到北师大童老师的鼎力相助才得以保留学籍。我们毕业那天,正好是第一次海湾战争爆发。毕业典礼草草结束,没有酒宴,没有舞会。我们单位电影队的小伙子开着一辆三轮摩托接我回去,没有宿舍,只好在一间摆放废旧杂物的仓库里安身。仓库里耗子成群,夜夜闹腾。一只母耗子在我的衣箱里做窝生了小耗子。之后几年,我的衣服上、被褥上似乎都有一股鼠尿骚味。仓库里有十几尊毛主席的石膏塑像,我把它们摆在门口和床边,仿佛哨兵一样。有几位文学圈的朋友混过部队大院的层层岗哨进来看我,一看那阵势,都说我是中国第一牛人,让十几个"毛主席"为我把门放哨,侍卫床前。过了两年,单位分我两间房子,我搬出了仓库。但我经常怀念起与十几个"毛主席"在一起生活的日子。

1992年春天，忽然有人敲我的门。开门一看，竟是多年未见的何志武。我问他怎么能找到我的家门，他笑而不答。他说无事不登三宝殿。我说有事尽管说，只要我能办的，一定不遗余力。他说他在内蒙古交通部门工作，是正式职工，想调回高密，以便照顾年迈的父母。我给高密县长写了一封信，交给何志武，让他拿信自己去找县长。当时我问过他那辆嘎斯51的下落，他瞪着眼问：你不知道吗？卖给张艺谋剧组了。那辆被姜文他们用装满高粱酒的酒坛子当燃烧弹炸烂烧毁的汽车，就是鲁文莉她爸爸那辆嘎斯51啊。你看，他说，我为你的《红高粱》也做过贡献呢。我说：车头上的罩板不太像啊。他说：你怎么这么笨呢，剧组里能人多着呢，他们能原封不动地用一辆苏制卡车冒充日本卡车吗？那不穿帮了嘛。卖了多少钱？我问他。他说：废铁价。这辆车一直在我爹的院子里放着，我不知道该怎么处理才好。终于等到了这个机会，让它有了一个辉煌的结局。

九三年初我回高密过春节，何志武来找我，说已经调回来了，在高密驻青岛办事处工作。我说你可真有本事，他说全靠你那封信引路。

后来几年，他经常来北京找我，每次都请我吃昂贵的菜。看样子是发了大财。他多次邀请我去青岛玩,说他已经和高密没什么关系了,现在自己开公司,生意做得很好,只要我去,一切都由他安排。

从他口中,我得以了解了我们那批小学同学的情况。他不仅熟知我们那些同学的情况,连老师们的情况也了如指掌。从他口中,我知道教我们作文的张老师早就从县职业高中教导主任的位置上退休,两个儿子,一个做木材生意,一个在城南乡当团委书记。那个刘大嘴老师,最辉煌时当过县教委副主任,老伴去世后,与寡居的鲁文莉结为忘年夫妻。鲁文莉的第一个丈夫是县里一位领导的儿子,那小子吃喝嫖赌无恶不作,据说还经常打她。后来那小子酒后驾驶摩托车撞在一棵大树上,车毁人亡。鲁文莉怎么会跟刘老师走在一起呢?我说:这太不可思议了!何志武笑着问我:将乒乓球打到对手的嘴里可以思议吗?——这确实也属不可思议之事,由此可见,世界上的事,千变万化,因缘凑巧,阴差阳错,稀奇古怪,实在是不好说。

## 七

2008年8月,我特意到青岛与何志武聚会。在此之前我多次来青岛，不是讲学就是开会，日程安排紧张，让何志武很不爽。他说，你能不能专门来一趟，咱们俩畅谈三天三夜，我有许多话要对你说，保证能启发你的灵感，让你写出一部好小说。当年你借我十元钱，现在我还你一部小说素材！

何志武将我安排在汇泉王朝大饭店一个开窗即可观海听涛的豪华套间里。从在饭店房间坐定那一刻，他就开始给我讲述这三十多年来的经历。接下来的三天里，无论是对面喝酒还是漫步海滩，他的嘴几乎没停过。他点了那么多的山珍海味，几乎是我自己吃。我说你也吃啊！这么贵的东西，不吃可惜了。他说：你吃，我是"三高"，不能吃这些东西。他喝酒，抽烟，不停地说话。那几天他让司机回家休息，自己驾车，拉着我沿海兜风。我说：喝了那么多酒，行吗？他说：放心，我跟武松一样，一分酒一分本事。我说别叫警察截住。他笑着说：他们哪个好意思截我？开着车时他依然滔滔不绝地说话，一边说还一边用手比画。我说：哥们，你最好集中精力开车。他说：放心吧。三十多年的老司机了，一坐到驾驶位上，车就成了身体的一部分。不过，鲁天公开车的技术的确高超，我们村后那座小石桥跟嘎斯51车轮外沿同宽，那家伙过桥从不减速。我刚要问谁是鲁天公,马上就明白他说的是谁,从这里我也意识到自己与何志武的差距。

他说:我拿着你借我那十块钱到了火车站,花了一块两毛钱买了一张到潍坊的慢车票。这列车是青岛开往沈阳的。尽管我只买到潍坊,但我一定要坐到沈阳。车上查票很严,每当检票时,两个乘警把住车厢门,谁也别想蒙混过关。被查出来,轻则轰下车去,重则一顿暴打后轰下车去。我的对面坐着一个解放军战士,胳膊上带着黑纱,看样子是遭了父母大丧。你知道,我跟着王贵大爷学过麻衣神相——我的确不知道他跟着王贵学过麻衣神相——便跟他套起近乎,越说越近,他刚刚去世的父亲,竟被我忽悠成是我的酒肉朋友,他竟然也深信不疑。然后我就跟他说:兄弟,大哥有难,望你能出手相助。那当兵的从衣兜里掏出到沈阳的火车票,低声说:你先用,用完压到我茶杯下。看到检票的人来了,他就从服务员手里接过水壶,热情洋溢地为乘客倒水。车上的人都夸他是活雷锋。那年头,解放军威望很高,有他帮我,一路顺遂到沈阳。我至今对当兵的很有感情。我的大女儿嫁给北海舰队一位核潜艇的艇长,小女儿正跟那艇上的政委谈着恋爱。我对她们的选择热烈地支持。我的女儿嫁给艇长和政委,我们家差不多就等于控制了一艘核潜艇。哈哈哈哈，他大声狂笑。我老婆是上世纪初被布尔什维克吓跑的白俄贵族后裔，纯种俄罗斯人，但她生在中国长在中国是地地道道的中国公民。1979年，我已经发了财，存折上有三万八千元！我胆大，敢冒险，但我的冒险是建立在调查研究基础之上的。1978年底，十一届三中全会后，农村改革开始，人民公社解体，土地开始承包。我马上想到，承包了土地的农户，最需要的就是大牲畜——马，牛。那时，在内蒙，买一匹高头大马只要四百元，但赶到关内，可卖一千元。买一头四个牙的犍子牛，只要两百元，但赶到关内，最少六百元。我当时正在县城开照相馆，生意很好。为了赚大钱，我将照相馆卖了一万元，到牧民那里买了三十匹马。雇了一个牧民，帮着我往关内赶。赶到河北地界，人困马乏，饲草难求。我眉头一皱，想出一个主意。我将三十匹马赶进了宣化县县政府大院。我直接去找县长，说我是内蒙牧民，听说内地土地承包到户，春耕在即，牲畜奇缺，因此将自家的三十匹马送来。三十匹骏马，白送。那县长姓白，愣了，一个劲翻白眼。我说真的白送。县长跑到院子里，看着那些骏马，说：我们不能白要你的，这样吧，我们给你作价，八百元一匹。我说：不要那么多，一匹六百，如果你们还需要，我马上回去，给你们赶一百匹来。你们也可以派人去。我帮你们收购。就这么着，那个春天，我当了马贩子，赚了三万八千元。我跟那白县长——现在已经当了副省长了——就此成了换脑袋的朋友。人有了钱，就该成家立业了。当时我就想，应该回老家圆我的青春梦。不瞒你说，我暗恋着鲁文莉。我想送她一件见面礼，那就是将她爸爸那辆车买到手，然后用那辆车拉着她，到内蒙去，干大事，赚大钱。我打听了，国营农场已经改制承包，那辆车已经归鲁天公个人所有。于是我就拍了一封电报，用八千元买他的车，高价，绝对高价，那时南京生产的"跃进牌"NJ130型，完全仿嘎斯51的，才八千元一台。他那台破车，顶多值两千元。

我将八千元钱点给了鲁天公，告诉他，我花高价买你的破车，是变相送礼。项庄舞剑，意在沛公。何志武买车，意在鲁文莉，我说。鲁天公笑着说：何志武，我早就猜到，你肚子里不定憋着什么坏水呢。但是，婚姻大事，父母不能包办。你有本事，自己追去吧。不过，小子，我估计你已经没有什么戏了。县委汪副书记的儿子看上了我家文莉，说实话我不喜欢那小子，贼眉鼠眼，一看就不是好玩意儿。但他毕竟是县委副书记的儿子，文莉自己愿意，我跟她妈也只好顺水推舟。管他以后怎么着呢，先当几天县委副书记的亲家风光风光吧。

何志武说：我开着那辆嘎斯51，在村里转了几圈，耀了武扬了威，那时毕竟年轻浮浅啊！然后驱车直奔县城。你问我何时学会的车？七六年，我在窑厂当装卸工，跟司机老许成了好朋友，跟他学会的。当年看鲁文莉她爸爸开车，那个神气，其实，这玩意儿，抽支烟的工夫就能学会。我把车开到橡胶厂门口，想找鲁文莉谈谈，但看门的老头说她已经调到县邮电局了。老头嘴很碎，说县委副书记的儿媳妇怎么可能还在乌烟瘴气、臭气扑鼻的橡胶厂上班。我开车到了县邮局大门口，将车停下，到旁边的百货商场买了一双新皮鞋换上。乍穿新鞋，走起路来很不得劲，仿佛所有的人都在看我的脚似的。我一进邮局大门就看到了鲁文莉，她在卖邮票的柜台后，与一个中年妇女聊天。我走上前去，说：鲁文莉，我是你小学同学何志武，你爸爸让我来找你。她愣了几分钟，冷冷地问：什么事？我指指停在马路对面的车，说：那是你爸爸的车，他让我开车来接你。她说：我还上着班呢！我说：没关系，我到车上去等着，等你下班。我回到驾驶室，抽着烟等她。那时县城破破烂烂，县政府那栋三层楼是最高建筑。我坐在车上，看着那楼顶上的红旗和楼后边的宝塔松，心中感到一种很庄严的感情。我一支烟都没抽完,鲁文莉就跑过来了。我推开车门,让她上车。我根本没问她什么,发动起车子,开车就走。到底有什么事?她问我。我不理她,将车开得贼快,同时用眼睛的余光看她。她抱着肩膀,噘嘴吹口哨。这是她过去没有的习惯,很可爱。女大十八变,果然。开出县城,将车停在一中操场旁边那块空地上。为什么将车停在这里?因为她在这里获得了全县乒乓球女子少年冠军。我转过头,定定地看着她。她确实很漂亮。她肯定也感觉到了什么,有几分警惕,有几分气恼。你到底想干什么?!我没有兜圈子,直截了当地说:鲁文莉,十几年前我就喜欢你,当我滚出教室后,就暗下决心,只要混好了,就回来娶你做老婆!当你在那里边——我指指一中的办公室——解放前的基督教堂——当年的乒乓球比赛就在那里头进行——获得冠军时,我就下决心要混成个人样儿回来娶你。她撇了一下嘴,道:这么说,你现在混好了?混成个人样儿了?我说:基本上可以这么说了。你每月工资多少?我问她,她不答。我说:你不说我也知道。你每月工资三十元,每年工资三百六十元。我在内蒙贩卖牲口赚了三万八千元。相当于你一百年的工资。我花八千元买了你爸爸这辆破车,等于给你爸爸和你妈妈一笔丰厚的养老费,免除了你的后顾之忧。我在那边朋友很多,路都踩好了,有这三万元做本,用不了几年,我,不,我们,就会成为十万元户,甚至百万元户!我敢担保:一,永远不会缺着你钱花;二,我会永远对你好。她冷冷地说:真可惜,何志武,我已经订婚了。我说:订婚也不是结婚,结了婚都可以离婚。她说:你这人怎么这样不讲道理?凭什么来干扰我的生活?凭你买了我爸爸这辆破车?凭你有三万元钱?我说:鲁文莉,因为我爱你,所以我不愿让你跳火坑。我调查过,那个汪建军,是个流氓,专门玩弄女青年……她打断我的话:何志武,你这样说不感到卑鄙吗?我说:我这是拯救你,怎么是卑鄙呢!她说:谢谢你的好意!我与你无亲无故,我的事我自己做主。你无权干涉!我说:希望你再考虑考虑。她说:何志武,你别烦我了,好不好?这事要让汪建军知道了,他会找人砸死你的。我笑着说:我希望他知道,你告诉他吧。她拉开车门,跳下车,说:何志武,别有了几个钱就忘了自己姓什么了。告诉你,金钱不是万能的!她转身往县城的方向走去。我望着她的背影,想:金钱的确不是万能的,但没有金钱却是万万不能的。鲁文莉,好自为之吧。我回家推倒一面院墙,将鲁文莉爸爸那辆破车,开到我家院子里,用篷布蒙上,然后将墙垒好,嘱咐我爹好好看守着。我爹骂我：守什么？难道这车还能长翅膀飞走？我告诉他眼光放长远点，这车将来会有大用场。安顿好父母，我带着两个弟弟回了内蒙。他们跟着我做各种生意，贩木材，贩钢材，贩牲口，贩羊绒，金钱滚滚而来。我是有勇有谋的人。我用一个小故事证明我的有勇有谋：

那时羊绒禁止私人贩运，从关外将一吨羊绒私运入关内，可得暴利万元。他们设了关卡。我找了两辆完全一样的卡车，前边一辆装上布匹，后边一辆装上羊绒。车顶上都用帆布盖好。开到关卡附近，将装羊绒的车停下，先开装布匹的上去，让他们检查。检查时敬他们烟，送他们酒，答应帮他们从关内捎东西，检查完毕，开车通过。但一会儿我就把车开回来了，对他们说一个备用轮胎丢了需要回去找。开到羊绒车处，将装棉布车停下，将羊绒车开上去，对关卡的人说备用轮胎找到了，他们刚刚查过了，自然不再检查。就这样，瞒天过海，我带着两个弟弟，一个春天，贩卖了四十吨羊绒，净赚了四十万元。

钱越来越多，朋友也越来越多。我帮两个弟弟都落了户口，都安排在运输公司就了业。那时咱还迷信户口、正式职工这些东西。1982年，我又回了一趟老家，给我父母盖了新房子。老房子还保留着,那辆车上的篷布朽了,又换上新的。我爹那时已经不敢骂我了。他对我娘说:志武是有大肚量的,他的事,我们不要妄加议论。我还对鲁文莉抱有一线希望,但她已经和汪建军结了婚,听说生活得还不错。既然这样,我想我也该结婚了。

听说我要找对象结婚,十几个媒人上门,介绍的都是有模有样的姑娘。我都没有答应。这时,有一个女人自己找上门来。这个自己找上门来的就是你嫂子朱丽娅。她当时在旗畜牧站工作,外号叫"两个死":从后边看身材绝好,能把人馋死;从前边看,一脸麻子,能把人吓死。她找上门来:何大哥,我问你,你为什么要讨老婆?我想了想说:一是为我生儿育女,二是为我洗衣烧饭。她说:那你最好选我。我想了想,一拍大腿,说:就是你了!走,登记去吧!我和你嫂子结婚,轰动了全旗啊!你想想看,全旗首富何志武,选了一个大麻子做老婆。很多人都不明白,他们当然不明白。你明白吗?他说,等你看到你那两个美如天仙的侄女就明白了,等你看到你那在足球队里踢球的侄子就明白了。你嫂子五官端正,丑就丑在那一脸麻子上。麻子是不会遗传的,但她的白俄血统和她的身材相貌是会遗传的。我如果找个汉族女人只能生一胎,但我找个俄罗斯族的,可以堂堂正正地生二胎,稍微做点工作就能生三胎。你现在明白,为什么你那两个侄女能把一艘核潜艇给"俘虏"回来吧!混血美人,气质高贵,不同凡响!我想得很明白,男人,如果不能与自己爱的女人结婚,那就要找个最能给自己带来好处的女人结婚。朱丽娅就是这样的女人。

何志武说:进入九十年代后,我想,要干大事发大财,必须到沿海去。所以我进京找你,先调回县里,然后到了青岛。你嫂子起初还舍不得内蒙那个家,我说,到了青岛,我给你盖一栋大楼!——何志武指着远处一栋乳白色大楼说,那栋大楼,就是咱开发的。他给我说了许多他在青岛的光荣战绩,我听过就忘了。无非是花钱,交友,吃小亏,赚大便宜。我说:何志武你还记得吗?文化大革命初起时,我们演过一个活报剧。我穿着张老师那件破夹克,夹克里塞进一个篮球冒充大肚子,扮演苏联的赫鲁晓夫;你头发上扑了粉,扮演"中国的赫鲁晓夫"——刘少奇。我们的唱词是:"赫老兄,刘老弟,咱俩唱的是一台戏。"我唱"土豆烧熟了再加牛肉",你唱"吃小亏赚大便宜"。我说:你的成功秘诀就是"吃小亏赚大便宜"吧。他想了想,说:基本上是,但不完全是。有很多时候，我是吃了大亏，但连小便宜都没沾着。我问：是指买鲁文莉她爸爸那辆嘎斯车吗？他说：你这个人怎么这么庸俗呢？我跟谁都计算成本，但唯有跟鲁文莉我是不计成本的。

她丈夫死后，你没去找她吗？我问。

何志武说：鲁文莉的丈夫是1993年撞死的。那时我已在青岛与××的情妇合伙做钢材生意。有××这杆大旗罩着，青岛市所有建筑工地的钢材都被我们垄断了。听到鲁文莉成了寡妇的消息，我的心动了。我跟你嫂子说了这事。你嫂子慷慨大度地说：你把她接来吧，想明媒正娶也行，想包做二奶也行。但还没等我去找她，她就找我来了。她穿着一条黑裙子，戴着白手套，脸上化着浓妆，正所谓徐娘半老，风韵犹存。她见到我第一句话就说：何志武，我熬出来了。我也直截了当地问：你是想嫁给我做老婆呢，还是给我做情妇？她也直截了当地说：当然是做老婆。我说：做老婆工程太大，还是做情妇吧，我在海边给你买套房子，养起你来。她凄然一笑，说：那就不麻烦你了。很快，我就听到了她与刘大嘴老师结婚的消息。我带着两瓶酒两包烟，独自开车，到了胶河农场前那片空地上，就是在这里，我向鲁文莉的爸爸表达了我对他女儿的爱慕之心。我边喝边抽边想。我一直以为自己精通相术，能够洞察人心，但其实是以小人之心度君子之腹。但我之所以基本上能够洞察他人之心，就因为与我交往的大都是小人，而鲁文莉，是个君子。

我离开青岛前一天晚上，何志武将我带回家吃饭。他的夫人包了三鲜饺子，还按高密人的方式，捣了一碗蒜泥。这是个热情洋溢的胖大女人，一看就知是贤妻良母。酒至半酣时，何志武起身关了灯，让我往他家厨房的玻璃窗上看，那上边竟有十几个环环相套的铜钱图案，天圆地方，金光闪闪。我说这是哪里投射过来的。他说：不知道，观察研究了好久，也找不出源头。他说：尽管海边有好几处大房子，但我不去，我要守在这里。"守财奴"三个字几乎脱口而出，但我硬憋了回去。他们这些生意人，钱越多越迷信，希望讨口彩，最忌讳不吉利的话。于是，我将"守财奴"置换成"财神光顾"，他极为开心，说：到底是大作家，出口就是成语。

我回京后，何志武给我打电话，说他在龙口海边看中了一块地，想搞房地产开发。他说：你能不能来一下？这边土地管理局有个管事的，是你刚当兵时待过的黄县工作站那个左站长的儿子，名叫左联。说起你来，那小子眉飞色舞，说他是你看着长大的。我犹豫了一下，但还是找借口推脱了。

## 八

今年五月，高密县文化局和广播电视局联合举办首届茂腔电视大奖赛，文化局陆局长专程来京邀我回去当评委，盛情难却，只好从命。高密茂腔，三年前被评为国家非物质文化遗产。为了使这个剧种后继有人，县委县政府决定成立茂腔少年班，招收四十名小学员，送到潍坊艺校去培养，毕业后纳入事业编制。此事借着茂腔电视大奖赛一煽呼，成为一时热点，报名者多达五百余人。住在县府招待所，每天都有熟人、朋友、亲戚为了孩子进茂腔少年班的事来找，搞得我不胜其烦。因为要与县里的文学骨干商量为茂腔剧团创作新剧本的事，短期内还不能回京，陆局长给我另找了一家饭店，以避干扰。但没想到刚住进去半天，手机就收到一条短信：老同学，您大概早把我忘记了吧？我是鲁文莉。我现在就在您住的饭店前台，能不能下楼来接见我一下？耽误您五分钟。

我们在酒吧里坐定，服务生上前招呼。我问她喝点什么。她问：有酒吗？我吃了一惊。服务生笑着说：当然有，您想喝什么？她说：只要是酒就行。服务生笑着看我。我说：给我们每人来一杯红葡萄酒吧。服务生报了一大串酒名。我说：最好的。鲁文莉抢着说：说好了啊，我请客。我说：不用你请，我可以签单。她顿了顿，幽幽地说：是啊，你现在可是大人物了，我只能在电视上看你了。我说：太夸张了吧！骗子最怕老乡亲，骗子更怕老同学。咱俩不仅是同学，而且还是同桌。她说：我还以为你忘了呢。我说：怎么可能！人过五十，眼前的事记不住，过去的事，却越来越清晰。她说：我也是，连做梦都是梦见那时的事。我说：这说明我们老了。她说：男人五十多岁，正是好时候；女人五十多岁，就成了老妖精了。她虽然穿着肥大的黑裙子，但遮不住腰身的臃肿。她那张瘦长精致的小脸，也团圞如月了。眼袋下来了，眼圈还是黑的。酒来了，我们端起杯，碰了一下，她急火火地喝了一口。我问：刘老师好吗？她叹了一口气，说：走了。我惊讶地说：怎么……刘老师也不过六十多岁……她说：我是寡妇命，妨男人的……我说：哪有这种事……她又喝了一口酒，眼睛里泪光点点，盯着我说：我的命真苦……我一时也找不到安慰她的话，便端起酒杯，与她相碰。她仰脖喝干杯中酒,说:不说这些了,我来找你,是来向你求情。她摸出一张照片,递给我,说:这是我女儿,刘欢欢,报名参加茂腔少年班考试,已经过了两关,进入了前六十名。听说所有的家长都在活动,我也只好觍着个老脸来找你。我端详着手中的照片,刘欢欢,大嘴巴,大眼睛,依稀可见刘老师一些影子,但更多地还是像鲁文莉。我似乎听评委们提到过这个刘欢欢,便给陆局长发了一条短信询问。陆局长回道:条件非常好,哪怕只招两个学员,也有一个是她。我将陆的短信给鲁文莉看了。她的眼泪哗哗地流了下来。我说:你现在放心了吧?

她哽咽着说:谢谢……谢谢……我说:你谢谁啊?是女儿条件好,发挥好,考得好!她说:如今的事,我明白……谢谢,老同学……她从包里摸出一个纸袋,说:老同学,这是一万元,您别嫌少,您替我请陆局长他们喝杯酒吧……

我想了想,说:好吧,老同学,我收下了。

(二〇〇八年)

## 图书在版编目(CIP)数据

司令的女人/莫言著.—杭州：浙江文艺出版社,2020.5
(2024.3重印)
 ISBN 978-7-5339-5990-6

Ⅰ.①司… Ⅱ.①莫… Ⅲ.①中篇小说-小说集-中国-当代 Ⅳ.①I247.5

中国版本图书馆 CIP 数据核字(2019)第 300831 号

| | |
|---|---|
| 策划统筹 | 曹元勇 |
| 责任编辑 | 王丽荣 |
| 文字编辑 | 庄馨丽 |
| 封面设计 | 人马艺术设计·储平 |
| 责任印制 | 吴春娟 |

### 司令的女人
莫言 著

| | |
|---|---|
| 出版 | 浙江文艺出版社 |
| 地址 | 杭州市体育场路 347 号 邮编：310006 |
| 网址 | www.zjwycbs.cn |
| 经销 | 浙江省新华书店集团有限公司 |
| 印刷 | 上海中华商务联合印刷有限公司 |
| 开本 | 787 毫米×1092 毫米 1/32 |
| 字数 | 145 千字 |
| 印张 | 9 |
| 插页 | 4 |
| 版次 | 2020 年 5 月第 1 版 |
| 印次 | 2024 年 3 月第 2 次印刷 |
| 书号 | ISBN 978-7-5339-5990-6 |
| 定价 | 49.00 元 |

**版权所有 侵权必究**
(如有印、装质量问题，请寄承印单位调换)